QUENTIN LHERMÈS

ADÉLITAH' BLUES

ÉDITIONS MAÏA

Découvrez notre catalogue sur :

https://editions-maia.com

Un grand merci à tous les participants de *simply-crowd.com* qui ont permis à ce livre de voir le jour.

Illustrations : Perle Chantrel

Nos livres sont éthiques et durables : économes en papier et en encre, ils sont conçus et imprimés en France.

ISBN 978-2-37916-674-7
Dépôt légal : avril 2021

À Suzanne,

さまざまの事おもひ出す櫻かな

samazama no
koto omoidasu
sakura kana
Basho

Tant et tant de choses
me reviennent à l'esprit –
fleurs de cerisiers !

Je veux pouvoir…

Aujourd'hui, le professeur de français nous a donné des idées pour écrire un carnet de voyage imaginaire. Il a dit que c'était très important d'ouvrir dans notre esprit une porte sur le chemin de nos rêves et j'ai trouvé l'expression très belle. Elle m'a donné l'envie de commencer ce carnet fabuleux juste pour voir où il me conduira. Ce sera un récit à mi-chemin entre le journal intime et le carnet de voyage puisque je vais y raconter tout simplement la vie qui est la mienne depuis que deux grandes personnes un peu déraisonnables ont décidé de m'offrir un voyage dans un pays merveilleux, mais qui m'apparaît chaque jour un peu plus vaste. Et je ne voudrais pas qu'elles finissent par s'y égarer et m'y égarer par conséquent bien malgré elles, car les grandes personnes n'ont pas toujours un sens de l'orientation bien adapté à la dimension de leurs rêves. Alors je crois que ce carnet me sera bien utile pour me repérer et éviter que ma vie ne se transforme un jour en cauchemar. Ce doit être terrible de se sentir complètement perdue et je n'ai pas envie de mourir de peur au pays des merveilles. Je veux pouvoir y suivre au contraire le chemin de mes rêves jusqu'à la case « Ciel » où je sauterai à pieds joints comme au jeu de la marelle !

A.

Acte I

1
À la reconquête de l'Humanité

Tout a commencé le jour où Mum et Daddy se mirent en tête de rejouer les origines de la création, comme si Dieu n'avait jamais existé ou déjà fait le job à la perfection. Et ce projet fort prétentieux sonnait comme un reproche sévère, un véritable pied de nez éhonté à son encontre. N'avait-il pas manqué quelque part à son devoir sacré ? Failli à sa mission divine en oubliant de créer l'être de tous les êtres, la créature suprême, le Génie incarné ? Oui, un petit ange prodigieux qui allait devenir l'objet de toute l'attention, de tout l'amour d'un futur père, d'une future mère qui allaient heureusement rattraper cet oubli immémorial.

C'est ainsi qu'au premier jour, cette année-là, Mum et Daddy croquèrent naturellement *la pomme*.

« En toute innocence ?

— Quelle question ! »

Au deuxième jour, ils inventèrent non moins naturellement *l'oubli*. Celui de leur péché, cet outrage commis à l'encontre d'une autorité divine. Mais c'était sans importance puisque je vous le dis, ils étaient in-no-cents !

Le temps passa et au vingt-cinquième jour, ironie du sort ou pas, l'humanité n'ayant pas attendu après eux pour inventer *le progrès*, un test de grossesse leur confirma cependant la chose : ils avaient bel et bien « fauté ».

Au vingt-septième jour, ils inventèrent, béats, *le vœu d'ignorance*. C'était dit, fille ou garçon, ils ne voulaient pas savoir. Ils rejouaient vraiment les origines de la création et un peu de mystère ne faisait pas de mal.

Au deuxième mois, Mum inventa *l'envie*. Pas la plus réussie : l'envie de vomir.

Au troisième mois, elle tenta de faire mieux et réinventa l'envie, que Daddy trouva cette fois « merveilleuse ». Quelle idée !... *Vouloir manger des cerises en plein hiver...*

Au quatrième mois, janvier tint une promesse météo historique et Paris respira l'ennui : soleil dans les chaussettes, pluie à volonté et douceur océanique. Un climat dépressionnaire qui n'inclinait pas franchement à la fantaisie s'il offrit toutefois à Mum un coffret *bien-être* paradoxal. Et sans trop savoir qui de l'un ou de l'autre prit réellement l'initiative, qui de l'un ou de l'autre était en réalité le plus progressiste, disons « valeurs de gauche » – difficile à dire, Mum adorait Claire Bretécher et lisait le *Canard Enchaîné* quand Daddy avait toujours le *Nouvel Obs* ou *Le Monde* sous le bras – ils inventèrent *le principe d'égalité* les pieds dans l'eau, sans trop savoir pour l'instant à quoi il pourrait bien servir. Une invention fondamentale pour ainsi dire, sans utilité immédiate.

Au cinquième mois, Daddy chercha-t-il le coup d'éclat un peu facile ? Il inventa *l'excuse*, une perche « bénie » tendue à la cause féministe. Il fallait voir les yeux ronds qu'il roulait en regardant le ventre de Mum qui se mettait à gonfler, comme s'il n'y était pour rien le coco.

Au sixième mois, il tenta lui aussi de se reprendre en inventant *les caresses*. Il n'arrêtait plus d'en offrir au ventre conquérant de Mum qui prenait décidément des proportions généreuses.

Au septième mois, le verdict tomba – un bouquet d'espérance – la gynécologue leur avoua que tout allait pour le mieux et que le bébé devrait normalement arriver à terme. Alors, contre toute attente, ils inventèrent *la peur*, en se tenant par la main très fort.

Il est vrai que cette émotion tombait à contretemps et avait de quoi surprendre. La grossesse de Mum se passait à merveille et le compte à rebours désormais enclenché réjouissait Daddy. Seulement voilà, un vieil oncle de la famille qu'ils disaient « infréquentable » semblait avoir choisi ce moment de grâce pour se rappeler brusquement à leur bon souvenir. Ni l'un ni l'autre ne savait exactement où il habitait, Daddy penchant plutôt pour la région de *L'hippocampe* quand Mum lui préférait celle de *L'amygdale*, mais une chose était sûre, rien que ces détails géographiques pour le moins étranges à mes minuscules oreilles trahissaient déjà l'extravagance de ce bientôt grand-oncle.

Peu importait du reste qu'il habitât ici ou là, Mum et Daddy lui attribuaient les pouvoirs sectaires d'un gourou, capable qu'il était de manipuler les esprits les plus avertis, toujours à flatter leurs instincts les plus vulgaires. Et ils savaient que s'ils ne se tenaient pas sur leurs gardes, « Linconscient », car c'était lui, les pousserait déjà bien malgré eux à exprimer une préférence pour le sexe du bébé qui allait bientôt naître. Il n'y avait d'ailleurs qu'à lire les publications en vogue qui en parlaient. Un peu plus de trente pour cent des pères et vingt-trois pour cent des mères valorisaient pour leur premier enfant un sexe au détriment de l'autre, les pères préférant en général un garçon et les mères une fille. Ce n'était pas rien tout de même et il fallait croire que les dons de manipulation de ce vieil oncle n'étaient pas que de la rigolade.

« Se méfie-t-on jamais assez de Linconscient ? » répétait Daddy dans un aveu d'impuissance, et Mum acquiesçait.

Mais enfin, quoi ! C'était impossible une chose pareille : pratiquer la préférence sexuelle. Non, ils ne pouvaient pas commettre une telle monstruosité si contraire au principe d'égalité qu'ils venaient d'inventer. Rien que d'y penser, ils en avaient la chair de poule et la chair de poule n'exprimait rien d'autre que leur peur. Une peur qui virait au bleu au fur et à mesure qu'ils prenaient conscience du danger qu'ils couraient si près de la naissance.

Il était donc plus qu'urgent d'intervenir, ils n'allaient tout de même pas donner raison à un triste sire, jamais de la vie. Non, Linconscient n'aurait pas le dessus, ils allaient trouver l'antidote, flanquer ce vieil oncle à la porte et le péril serait derrière eux.

Daddy était diplomate et mobilisa tout son savoir-faire pendant que Mum, en sa qualité d'architecte passionnée d'égyptologie, pesa lourdement sur le compromis « pyramidal » qui fut trouvé au prix d'un ultime débat. C'était une habitude qu'avait Mum, elle qualifiait de pyramidal tout ce qui lui paraissait impérissable.

C'est ainsi qu'au huitième mois, Daddy hérita de la lourde tâche d'inventer *un prénom de fille* qui ferait date et Mum, dans le strict respect d'une pure symétrie, *un prénom de garçon* du même ordre – les prénoms épicènes étant interdits bien entendu. Ainsi, plus d'inégalité, plus de préférence scandaleuse à redouter avec l'obligation de choisir un prénom du sexe opposé à sa préférence « inconsciente ». La solution se révélait tout aussi providentielle qu'imparable et vérifiait à merveille *le principe d'égalité* qu'ils avaient créé au quatrième mois les pieds dans l'eau.

Comme ils avaient eu raison de l'inventer !

Après quoi, Daddy avait dû partir pour un long déplacement à l'étranger, sans en préciser le lieu exact, comme toujours. « C'était motus et bouche cousue sur ordre du ministère », disait-il, mais il était peut-être resté quelque part un enfant. Il regardait tous les James Bond à la télé et il devait prendre plaisir à mimer à la maison le grand 007 et son destin mystérieux d'espion de la Reine. Car, faut-il l'avouer, le secret de ses destinations n'était en réalité qu'un secret de Polichinelle trahi par les petits cadeaux qu'il rapportait à sa « petite chérie ».

Mum profita de son absence pour se remettre tranquillement sur la pile de dossiers et autres plans en souffrance qu'elle avait ramenés à la maison, dans l'espoir de les traiter avant qu'elle ne prenne bientôt congé de sa clientèle. Après quoi, elle s'imposa évidemment de travailler en musique, car elle en était persuadée : faire écouter de la musique au futur bébé ne pouvait que favoriser son développement cérébral et sa mémoire. Elle devait l'avoir lu dans des revues spécialisées qu'elle n'arrêtait pas d'acheter depuis son test positif du premier mois, et se mit aussitôt en devoir d'offrir pêle-mêle à mes oreilles désormais bien formées le trésor de disques qui encombrait une partie du salon. Et la salade de styles qui en résulta eut une saveur indéfinissable : *Femmes, je vous aime* de Julien Clerc (l'Amour impossible de Mum !) y côtoyait allègrement *la Septième de Beethoven* qui, elle-même, pouvait laisser aussitôt place à *Soul Makossa* (« Sacré Manu ! » dixit Daddy) avant que *La ballade de Jim* ne résonne, bientôt emportée à son tour par les *Kindertotenlieder* de Mahler et la voix imposante de Jessye Norman, *I'll Be Seeing You* (Billie Holiday, l'Amour impossible de Daddy !), *Hallelujah* de « l'inoxydable » Cohen ou encore *L'île aux mimosas* de Barbara, dont Mum disait qu'elle était « la parolière du noir lumière »...

Savoir si ces expérimentations sonores favorisèrent réellement mon développement cérébral et ma mémoire, c'est difficile à dire, mais Mum ressortit pleinement convaincue d'une chose, preuve en main, les siennes, qu'elle n'arrêtait pas d'apposer délicatement contre son ventre pour sentir le bébé : la musique avait le prodige de m'apaiser, je bougeais moins.

Daddy lui ayant annoncé entretemps qu'il rentrerait certainement avec deux jours de retard sur le calendrier prévu, Mum se risqua enfin, elle l'avait bien mérité, à se rendre en taxi sur le lieu incontournable de l'année ; là où le président de la République en personne, à l'image de leur projet déraisonnable, se mêlait lui aussi de faire un pied de nez manifeste aux reines et aux rois de l'Égypte antique. Comme elle avait aimé son envolée lyrique lors de l'inauguration du 4 mars :

« Il faut que les Français se retrouvent dans leur histoire, dans leur art, dans leur passé pour qu'ils sachent mieux avoir l'ambition de leur avenir. »

Un lyrisme proprement pyramidal à la hauteur du monument inauguré. Et Mum savait de quoi elle parlait, elle s'était renseignée. Le Président n'avait pas eu froid aux yeux lui aussi, avec son projet du *Grand Louvre*, ce monument gigogne avec sa pyramide centrale entourée de ses pyramidions de verre, laquelle allait jusqu'à copier en plus petit les proportions de la pyramide de Khéops. Sans oublier la « sublime » trouvaille de la pyramide inversée sous le Carrousel.

Mum ne voulait donc pas en douter et vibrait à l'unisson avec la voix du Président. Bien sûr que les Français allaient se retrouver dans leur histoire face à ce joyau d'architecture et retrouver confiance en leur avenir si jamais ils l'avaient perdue. Un avenir plein d'ambition qu'elle portait déjà dans son ventre !

Le 21 mai, Mum faillit tomber dans les pommes en entendant le discours d'investiture du Président :

« Au-delà des vicissitudes du moment, des hésitations, des retards, séquelles normales de nos compétitions ou lenteurs de l'Histoire prise au piège de ses habitudes, j'entends persévérer. »

Des mots si forts :

« Je n'exagérerai pas le rôle de la France si je rappelle que ce qu'elle fait et la manière dont elle agit intéressent le monde entier. On connaît son message de paix, de justice, de progrès. »

C'était si beau !

Mais un peu plus tard, elle faillit mourir de rage avec le retour de Daddy qui déclencha chez elle une violente saute d'humeur irrépressible. Une bien fâcheuse coïncidence dont Daddy, pour comble, se rendait curieusement coupable… « à l'insu de son plein gré ». Et pour cause ! Mum avait vu partir un homme calme, discret, un peu raide dans sa chemise empesée et son costume de « croque-mort », et voilà qu'elle venait de retrouver à l'aéroport un excité de service, un danseur de claquettes qui ne tenait pas en place et lui tournait autour en répétant des « J'ai trouvé ! J'ai trouvé ! » proprement infantiles.

« Je te préviens, chéri, ou tu te calmes ou tu restes à l'aéroport ! », lui lança-t-elle juste avant qu'ils ne s'engouffrent dans un taxi.

Mum était furieuse et sortait les crocs. Cela faisait près de deux cents jours qu'elle baignait dans une maternité qui l'accaparait tout autant qu'elle l'épuisait et la comblait, alors il n'était pas question qu'un énergumène sorti d'on ne sait où vienne compromettre ces instants privilégiés de « symbiose absolue ». Elle parlait parfois comme le Président, il fallait la comprendre.

Daddy ne comprenait pas cet accueil qui ne ressemblait vraiment pas à sa petite chérie, lui qui était si impatient de lui offrir le prénom impérissable qu'il devait inventer et qu'il rapportait justement dans ses bagages.

Mais bon, il prit sur lui et se calma. Il lui semblait avoir lu justement dans une des revues que Mum achetait ce problème de sautes d'humeur chez les femmes enceintes, à cause de leurs hormones « en pleine action ». L'expression l'avait frappé. Après tout, c'était peut-être ça et il n'allait pas se formaliser pour une agressivité passagère causée par des hormones – on ne lutte pas contre des hormones en pleine action. Mieux valait se taire et commencer à les apprivoiser pendant le trajet du retour. Il tira de sa serviette de cuir fauve un numéro de *Global Architecture* consacré à l'architecte mexicain Luis Barragán et l'offrit en silence à Mum qui le déposa sur ses genoux sans desserrer les dents. Il récidiva avec le collier d'ambre rouge du Chiapas qui prit hélas le même chemin.

Apprivoiser des hormones s'annonçait décidément comme une science difficile à maîtriser et demandait sans doute de la patience, beaucoup de patience. Aussi Daddy préféra reporter au lendemain la suite des petits cadeaux, le *huipil* en broderie faite main, le *rebozo* rouge pour soutenir le ventre de Mum pouvaient attendre, sans parler du trente-trois tours sur *Les chants de la Révolution mexicaine*.

Le soir cependant, l'impatience le reprit, il n'y tint plus. Mum venait d'aller se coucher et il tenta de lui souffler sur l'oreiller le prénom merveilleux, enchanteur, lourd d'histoire qu'il avait trouvé et qui sentait encore la poudre, un prénom qui ferait date… Mais Mum lui intima tout à trac de se taire, les nerfs visiblement à fleur de peau : il en irait du prénom comme du sexe de l'enfant, elle ne voulait plus savoir avant la naissance.

Décidément, ce n'était pas le jour et Daddy n'insista pas. Il devait craindre à cet instant une poussée d'urticaire.

Au neuvième mois – ah ! ce neuvième mois tant espéré qui devait résonner comme cet Hymne à la joie de la monumentale symphonie de Beethoven dont ils raffolaient – Mum inventa in extremis et bien malgré elle *la grosse fatigue*, mêlée de douleurs lancinantes dans le dos. Et comme si la coupe n'était pas assez pleine elle en eut le sommeil perturbé, somnolant le jour et ne dormant plus de la nuit. Une fatigue qui eut raison du jour au lendemain du « très gros coup de cœur » qu'elle avait eu pour cette fabuleuse histoire de maternité à laquelle elle s'était prise au jeu, et dont elle venait de vivre l'odyssée depuis près de trente-six semaines.

L'enchantement s'était rompu. Ce neuvième mois était manifestement le mois de trop, elle ne pouvait plus attendre le plus beau jour de sa vie, la naissance de ce petit être prodigieux pour lequel elle avait tout donné. Et par un singulier alignement de planètes, même le bébé semblait impatient de naître avec ses bras et ses jambes qui prenaient son ventre pour un tambour. Alors tant pis si elle n'avait pas terminé les préparatifs pour le grand jour, tant pis pour le prénom de garçon qu'elle cherchait toujours, tant pis si Daddy risquait de ne pas être là, tant pis tant pis, Mum voulait en finir et ne guettait plus qu'une chose : la délivrance.

Elle accoucha avec treize jours d'avance sur le terme annoncé d'une « adorable petite fille », dit la sage-femme, avant d'ouvrir l'enveloppe rose préparée par Daddy et mettre fin à l'insoutenable mystère de son prénom : « Bonjour Adélitah ! »

Les lèvres de Mum se pincèrent et lui dessinèrent un sourire figé de tortue qui trahissait visiblement une déception. Elle avait rêvé d'audace à l'image de cette pyramide du Louvre futuriste, innovante dans son écrin d'Histoire, de tradition – et les mots du Président lui résonnaient encore dans la tête. Mais voilà ! Daddy venait de lui offrir un prénom daté et ridicule.

Comment sa fille pourrait-elle avoir l'ambition de son avenir avec un prénom pareil ?

2
Quelles valeurs transmettre ?

Dès que je fus en âge de comprendre, je compris naturellement que la peur de Mum au sujet de mon avenir n'avait été que la première d'une longue série. En effet, à peine rentrée à la maison, elle s'était mise à angoisser.

Elle avait commencé par avoir peur de me voir mourir de faim dans un Paris débordant de supermarchés. Ce qui la poussa à me nourrir jusqu'à l'épuisement, c'est le cas de le dire. Au moindre pleur, froncement de sourcil qu'elle décelait sur mon visage sinon un gigotement qui lui paraissait suspect à mon réveil, elle me collait contre son sein en me tapotant doucement la joue dès que je cessais de téter jusqu'à ce que je m'endorme enfin, vaincue par la fatigue, sous des milliers de « Mon trésor » et de petits papillons rouges que me dessinait son rouge à lèvres sur le nez et les joues. Et Daddy avait peiné pendant ce temps à me muscler les « zygomatiques », à me tirer des « risettes » comme il disait, puisque je tétais tout le temps dès que j'étais éveillée.

Puis le biberon avait permis à Daddy de prendre le relais dans les tétées et Mum s'était découvert une nouvelle peur, provoquée, il est vrai, par un discours du Président au Parlement européen. Il avait dit que nous vivions dans une époque « bouleversée » où tout changeait « si vite » et où se posait la question de la transmission des valeurs. En effet :

« Que faire de sa vie ? Pourquoi vivre ? Que transmettre ? Quelles valeurs porter avec soi dans ce bref temps qui nous est donné, de la naissance à la mort ? »

Pas le genre de paroles à rassurer Mum. Il ne fallait pas traîner, mais voler au secours des couchers de son trésor, se dépêcher de les nourrir à leur tour de lectures et de berceuses estampillées « valeurs sûres ». Et Mum s'était jetée sur l'énorme bibliothèque du salon pour en tirer le seul livre « pour enfants » qu'elle contenait : les *Contes des fées* de Charles Perrault en son édition originale de 1697, un ouvrage achevé d'imprimé *en la fête de* SAINT-JEAN *évangéliste et apôtre qui vécut en exil dans l'île de Patmos* par l'illustre Jean de Bonnot, « un éditeur de beaux livres rares Reliure en cuir ».

Le ton était donné !

Côté berceuses, elle n'avait eu que l'embarras du choix. Mais bon, il avait bien fallu choisir et la voix de la longue dame brune avait d'abord eu ses faveurs avec « Ma plus belle histoire d'amour, c'est vous ». Une mère pouvait-elle offrir à son trésor plus belle preuve d'amour ? Un amour fusionnel, une passion « forte, infinie, exclusive – une religion d'amour ». Bien sûr, Mouloudji, Gréco, Chelon ou Stephan Eicher suivraient, *Le temps des cerises, Le petit bal perdu* ou encore *Chercheurs d'eau, Déjeuner en paix* pour me distraire de l'inoxydable Barbara !

L'angoisse l'avait poussée à mettre la barre très haut pour éviter comme l'avait encore dit le Président « tout nivellement par le bas » et Daddy avait à nouveau peiné pendant ce temps à me raconter l'histoire de mon prénom. Il avait profité de certaines tétées pour me parler le plus sérieusement du monde d'une certaine « Adela Velarde Pérez, un petit bout de femme au caractère indomptable hérité de son grand-père, un général, et devenue à quatorze ans une infirmière guerrière – une *soldadera* – dans les troupes révolutionnaires mexicaines qu'elle aidait à Chihuahua, Zacatecas et Mexico...

— Pourquoi indomptable ? »

Daddy souriait face à mes pourquoi qu'il avait du mal à déchiffrer. Alors, il se contentait de répéter ce mot avec tant d'admiration dans la voix que je sentais confusément qu'il me disait très fort « Tu seras indomptable toi aussi ma princesse ! », mais sans jamais le dire. Il était comme ça Daddy, il ne savait pas parler simplement. Il fallait très souvent déchiffrer le message qu'il cachait dans un autre, puis encore un autre, un peu comme dans les séries de poupées russes.

Mum répétait d'ailleurs souvent qu'il avait une pensée « matriochka », ce qui ne l'empêchait pas de poursuivre cependant son histoire, imperturbable : « ... et le *h* à la fin de mon prénom, c'était une sorte de ligne d'horizon, un fil rouge pour m'enraciner dans l'humanité, pour que je ne m'égare jamais dans ma vie ; pour que j'y défende vaillamment, aussi indomptable qu'Adela l'avait été, les vraies valeurs ! »

Il n'y avait donc pas de doute possible, Daddy avait lui aussi mis la barre très haut en s'inquiétant des valeurs, comme le Président ! Si haut que même Mum avait trouvé à redire : « Mais enfin chéri, quand est-ce que tu vas te rendre compte que ta fille n'a pas encore deux ans ? »

3
Le jardin Dédaine

Après quoi, dans cette époque bouleversée où tout allait très vite, le sauvetage des valeurs n'avait bientôt plus fait le poids face au nouveau péril qui me guettait. Mum en était certaine. Une question soudaine que je venais de poser au coucher juste après la lecture du Chat Botté et sa moralité l'inquiétait :

Si le fils d'un meûnier avec tant de vitesse
Gagne le cœur d'une princesse
Et s'en fait regarder avec des yeux mourans,
C'est que l'habit, la mine et la jeunesse,
Pour inspirer de la tendresse,
N'en sont pas des moyens toûjours indifferens.

Il est vrai que lui demander « Pourquoi l'hippocampe ? » après de telles paroles n'avait rien d'évident. Ce qui m'avait valu de passer directement de la maison à la case « docteur » sans passer par la case départ, comme au Monopoly.

Le docteur était un homme mince, à peine plus âgé que Mum et Daddy. Il portait des chemisettes bleu ciel en toutes saisons assorties à la couleur de ses yeux, comme s'il venait de rentrer d'un voyage dans un pays chaud et qu'il n'avait pas eu le temps de se changer. Pas un mot plus haut que l'autre, chaque consultation se déroulait selon un rite immuable avant le moment tant attendu du verdict. Cette fois, il ne comprenait pas non plus. Cette question d'hippocampe demeurait un mystère. Pourtant Mum n'avait omis aucun détail. Elle lui avait raconté toute sa vie au docteur : *l'imagier du Père Castor* ne contenait pas d'hippocampe ; pas un mot du livre en cuir non plus, elle l'avait relu du début à la fin ; elle ne m'avait jamais parlé d'hippocampe ; son « mari » ne m'en avait jamais parlé et la télévision était hors de cause, elle était débranchée. « Une question de principe, pour sauver les valeurs. »

« Alors docteur ?

— Voyez madame Leenaert, votre enfant parle déjà très bien pour son âge et il n'y a pas de quoi s'alarmer. Vous n'avez qu'à lui montrer des images d'hippocampes et lui dire que c'est un poisson étrange et drôle avec une tête de cheval. »

Le docteur était un homme de science, assurément, mais qui ne le montrait jamais. Et quand il ne comprenait pas, il inventait toujours de sa voix douce une ordonnance désarmante de simplicité qui rassurait Mum.

Après quoi, à peine sortie de son cabinet, ses angoisses avaient repris. Je n'avais pas tardé en effet à récidiver en lui demandant « Pourquoi l'amygdale ? », sans lien avec ce que j'étais en train de faire ou ce qu'elle était en train de dire, et le doute avait commencé à s'installer dans sa tête. Mais elle avait hésité à prendre un nouveau rendez-vous, car le docteur l'avait dit : il n'y avait pas de quoi s'inquiéter. Elle s'était donc efforcée de suivre son ordonnance. Elle m'avait montré ses amygdales en ouvrant grand la bouche, avant d'essayer de trouver des photos dans des revues médicales. Bien entendu, malgré toute sa louable pédagogie, j'avais été incapable de voir « ces deux petites amandes qu'on avait au fond de la gorge », mais l'incident avait été bien vite oublié.

Jusqu'au jour où un mot de trop avait fini par intriguer Daddy en personne. Il venait de me raconter l'histoire légendaire de mon prénom pour la énième fois tout en détails révolutionnaires sans oublier le fameux *h*, ce fil rouge qui devait m'enraciner dans l'humanité pour y défendre les vraies valeurs – j'avais bien appris la leçon – et voilà que sa petite princesse ne trouvait rien d'autre à lui demander sans prévenir « Pourquoi Linconscient » ?

La question avait stupéfié Daddy. Il ne parvenait pas à décrypter mon message et il n'avait pu s'empêcher de lancer un regard décontenancé à Mum qui devait presque regretter pour le coup que son trésor parle « déjà très bien pour son âge ». Et le docteur en avait de bonnes avec ses « pas de quoi s'alarmer », il y avait quelque chose qui devait « clocher dans ma tête », c'était sûr. Alors « aux grands maux les grands remèdes », elle allait prendre carrément un rendez-vous chez un spécialiste, un pédopsychiatre.

« Un pédopsychiatre ? » avait répété Daddy, faussement étonné. Il avait hésité, ne sachant plus s'il devait réagir en diplomate averti ou improviser pour la première fois le rôle de père *indomptable* aux yeux de sa princesse, face aux peurs insoupçonnées de Mum. Car si lui aussi s'était étonné de ma « sortie » un peu déroutante, il n'en faisait pas pour autant une maladie. Et il avait fini par le lui dire, j'avais bien entendu. « Là, petite chérie, tu y vas peut-être un peu fort. Si à chaque fois qu'elle ouvre la bouche tu en fais une maladie, on ne s'en sortira pas. »

Seulement voilà, les angoisses de Mum étaient comme ses hormones en pleine action pendant sa maternité, on ne les raisonnait pas et Daddy avait beau chercher, elle n'en démordait pas. Puis il était rentré un soir de son travail avec une drôle d'idée en tête. Il lui avait proposé ni plus ni moins qu'une évasion printanière « dans les choux » pour lui faire oublier le pédopsychiatre.

J'aurais sans doute applaudi à ce tour de passe-passe si je l'avais compris, mais avec les vrais magiciens des idées c'est impossible, on n'arrive jamais à comprendre. En tout cas, le samedi suivant nous avions couru tous les trois jusqu'à épuisement dans les choux, enfin « Les Choux » parce qu'il fallait bien que je comprenne. Daddy avait rassemblé toute sa pensée *matriochka* pour m'expliquer ça et c'est vrai que ce n'était pas si difficile à comprendre après tout. On disait « Les Choux », mais ce n'était pas les mêmes choux que je voyais dans *l'imagier* et par conséquent je ne devais pas être déçue de ne pas trouver des choux dans Les Choux ! Mum n'avait rien trouvé à redire à cette prose saturnienne, car c'était la première fois que nous quittions le Gros-Caillou depuis que j'étais née et elle était tout excitée. Et quand elle avait découvert l'endroit où Daddy avait rendez-vous avec la dame de l'agence, elle avait été « littéralement subjuguée ». Elle n'en revenait pas et ne trouvait pas de mots assez pyramidaux pour décrire son émerveillement.

« Je ne peux pas croire qu'il existe de tels biens à vendre si près de Paris. C'est incroyable chéri ! »

Puis nous avions marché assez longtemps dans une immense forêt, car la dame de l'agence tenait à nous y montrer l'immense étang qui s'y nichait. Et Mum avait enfin trouvé ce qu'elle cherchait à dire depuis notre arrivée, « des mots d'anthologie » qu'elle n'avait plus cessé de répéter jusqu'à notre départ.

« Cette propriété, c'est le jardin Dédaine. Il n'y a pas d'autre mot chéri ! »

Elle avait des « chéri » plein la bouche et je ne savais pas trop de quelle personne elle parlait encore, mais visiblement elle avait l'air de beaucoup l'aimer. Rien à voir avec Linconscient.

« Si je m'écoutais, je ne rentrerais plus à Paris chéri, tu sais. Je suis littéralement subjuguée ! »

Tout était dit, Daddy était lui aussi très heureux, il riait de bon cœur. Mais il avait dû avoir peur tout de même qu'elle s'écoute pour de bon – Mum était si imprévisible quand elle était transportée par l'émotion qu'il avait préféré remettre à une autre fois la visite de la « longère avec grange, garage et box à chevaux qui agrémentait cette belle propriété de chasse », de peur qu'elle ne décide de coucher sur place.

Bien entendu, Mum et Daddy étaient tombés parfaitement d'accord. Une fois remontés dans la voiture et après avoir rejoint la grande route, on oubliait la chasse.

« Tu es d'accord princesse, pas de fusils dans Les Choux ?! »

Comment aurais-je pu ne pas être d'accord ?

4
Le petit manteau rouge

La propriété de chasse sans fusils avait été achetée peu de temps après et, pendant les mois suivants, je crois que si Lourdes n'avait pas déjà existé notre appartement du Gros-Caillou aurait pu devenir un lieu de pèlerinage. J'aurais pu crier au miracle moi aussi parce que c'en était un. Mum n'était plus du tout la même après avoir découvert Les Choux. Elle semblait avoir oublié ses peurs tout à coup et ne songeait plus qu'à m'acheter des vêtements. On n'arrêtait pas de découvrir toutes sortes de « boutiques pour enfants ». On aurait dit qu'une envie pressante de jouer à la poupée avait ressurgi du fond de sa mémoire. Elle y avait déniché tout pour m'habiller des pieds à la tête et semblait reprise par les envies bizarres qu'elle avait eues pendant qu'elle m'attendait. Elle avait cherché ainsi très longtemps des bottines noires en cuir verni et un petit manteau rouge au tout début de l'été au moment des premières grosses chaleurs. Et je n'avais compris la raison de cette envie hors saison que le jour où elle avait fini par trouver enfin les bottines et le manteau et m'en habiller le soir même devant Daddy : « Comme ça on ne pourra plus te perdre dans Les Choux cet hiver ma chérie, on te verra partout ! »

Les choux ? Les Choux ? J'avais encore un peu de mal à faire la différence, mais ce n'était pas grave ; Daddy avait applaudi et c'était l'essentiel.

Après, les petits miracles s'étaient multipliés. À force de courir les boutiques pour enfants, Mum était tombée sur un petit appareil bleu qui « mangeait » les disques. C'était très amusant. Elle avait acheté un petit quarante-cinq tours pour me montrer ce savant mécanisme, et pas n'importe lequel : « C'est Henri Dès ma chérie ! »

Elle avait dit ça avec tant de spontanéité dans la voix, comme si je ne pouvais pas ignorer ce nouveau membre de la famille, peut-être un lointain cousin cette fois qui avait fait ce disque. Je me souviens du petit ours brun sur la pochette en couleurs qui regardait avec envie des enfants sucer une grosse glace. Et Camille, Lucas, Thérèse avec plein de glaçons qui faisaient froid dans le dos avaient envahi ma chambre au coucher, sans oublier « la petite fourmi joyeuse qui chantait une chanson nulle comme une bonbonne et le vieux scarabée qui chantait comme une poubelle… »

Daddy, bien entendu, s'était cru obligé de seconder Mum du mieux qu'il pût sur le chemin de son insouciance retrouvée parce qu'il l'aimait si fort qu'il ne formait qu'un avec elle. Mum le disait tout le temps : « Nous, avec papa, on s'aime très fort, tu sais mon trésor, on ne forme qu'un. » Il s'était empressé de trouver dans cette époque bouleversée d'autres livres pour enfants que le seul livre en cuir des *Contes des fées* de Charles Perrault ! Et il m'avait rapporté bientôt trois petits albums avec des images en couleurs et la famille de mes petits amis du soir s'était encore agrandie avec Michka le petit ourson, Quipic le hérisson et Boucle d'Or.

Ce fut vraiment une parenthèse enchantée où tout alla si vite – le Président avait raison – puisque Mum et Daddy ne semblaient plus inquiets de me transmettre des valeurs pyramidales quand ils ne faisaient pas semblant, pour rire, de me perdre quelquefois le dimanche dans Les Choux.

5
La peur de la séparation

Après, tout s'était encore accéléré. Mum m'avait appris que j'allais aller bientôt « à l'école » en me picorant sans arrêt le nez et les joues avec ses lèvres rouges et Daddy avait cru bon d'intervenir : « Dis donc petite chérie, tes petits papillons sont magnifiques, mais ton trésor a une tête de clown ! »

Mais Mum s'était empressée de me prendre sur ses genoux pour me rajouter quelques papillons et répondre à Daddy en me dévisageant avec des yeux gourmands : « N'empêche, c'était son nouveau mot à la mode, ça n'ôte rien à la beauté de son visage, tu ne trouves pas ? »

Moi, je riais aux éclats pendant ce temps chaque fois que je me voyais dans la grande glace du salon et quand je ne riais pas je sentais bien que dans ma tête tout allait également plus vite dans cette période bouleversée. Je commençais à comprendre des choses que Mum pensait sans doute que je ne comprenais pas encore. « En vérité » comme elle disait, je devinais bien que derrière sa petite mascarade et ses papillons rouges se cachait une grande peur. La peur d'être séparée de moi. Alors pour la première fois de ma vie j'avais cherché à la rassurer et je n'avais pas arrêté de lui répéter « Elle a pas peur maman, elle a pas peur ! » chaque fois qu'elle me parlait de l'école. Et puis, le jour de la séparation, j'étais restée un long moment avec elle avant de lui lâcher la main pour courir vers mes nouveaux petits amis que j'avais hâte de rejoindre. C'était toujours la faute à cette époque où tout allait si vite, Mum avait peur de l'école quand moi j'étais impatiente d'y aller. Elle commençait tout simplement à avoir peur, très peur de me voir grandir quand moi je regrettais déjà que tout ne change pas encore assez vite dans cette époque bouleversée du Président.

6
La maladie de François

Heureusement, la reprise du travail avait eu le même effet sur Mum que notre première évasion dans Les Choux. Elle avait oublié ses angoisses, retrouvé sa bonne humeur et les dossiers qui s'étaient accumulés dans le salon avaient dû s'empiler ailleurs « au bureau » et l'occuper bien assez pour me laisser grandir sans trop y penser.

Puis il y avait eu la maladie de « François » – en fait le Président et François ne formaient qu'un eux aussi – et Mum ne s'était plus du tout inquiétée pour moi. Le Président avait soudain aimanté toutes ses peurs et elle s'était mise à poser plus souvent la question à Daddy : « Tu crois que François va s'en sortir ? »

Daddy ne croyait rien du tout évidemment, ce n'était pas son truc ça, de croire, il n'était pas « Devin » Daddy et il lui répondait souvent ça : « Je ne suis pas Devin, mais ne te mets pas dans des états pareils, il n'est pas encore mort. »

Daddy ressemblait au docteur dans ces moments-là, ses réponses débordaient toujours de simplicité !

Et moi, je ne cherchais plus à savoir qui était encore ce Devin qui savait si François allait s'en sortir. La famille commençait à devenir beaucoup trop grande pour ma mémoire qui avait déjà beaucoup de choses à retenir avec tout ce qu'on apprenait à l'école et que j'aurais bien aimé raconter à Mum. Mais je sentais bien qu'elle avait l'esprit ailleurs et qu'elle n'avait plus le temps de s'inquiéter pour moi. Aussi, quand elle me demandait avec sa douce voix ce que j'avais appris « de beau » avec la maîtresse, je répondais toujours « Je ne sais pas ! » pour éviter de la distraire avec des choses sans importance comparées à la maladie de François.

L'ennuyeux, c'est que je continuais à grandir toujours plus vite dans cette époque bouleversée, je n'y pouvais rien. Et petit à petit, la maîtresse, derrière ses épaisses lunettes rondes qui lui faisaient des yeux de chouette, avait commencé elle aussi à avoir peur comme Mum de me voir grandir de la sorte. Mais c'était un peu bizarre, car dans la classe elle n'arrêtait pas de me dire que c'était « très bien ». Je découpais très bien, je dessinais très bien, je comptais très bien, il y avait des très bien partout. Elle n'arrêtait pas de mettre des pastilles vertes sur toutes mes fiches de travail – car il n'y avait pas que Mum et Daddy qui travaillaient, la maîtresse nous donnait aussi beaucoup de fiches de « travail ». Mais quand elle était dans la cour de récréation, ce n'était plus du tout pareil. Chaque fois qu'elle parlait de moi à ses copines, elle disait souvent qu'elle n'y arrivait plus : « Moi, je ne sais plus quoi lui faire faire à cette gamine, elle te dévore, et l'inspectrice elle est marrante… »

Je ne savais pas qui était l'inspectrice, et encore moins pourquoi elle était « marrante », alors je repartais jouer dans la cour ; mais la « gamine » que j'étais commençait à se demander ce qu'elle pourrait inventer pour que la maîtresse n'ait plus peur d'être dévorée. Et c'était là une fiche de travail tout à coup beaucoup trop difficile pour une enfant de mon âge.

7
La boîte de l'ogre

Mais j'avais eu la chance de changer de maîtresse l'année suivante. Une année qui avait été magique grâce à elle. Je m'étais aperçue rapidement à ses façons de me lancer très souvent des petits regards en classe qu'elle savait déjà que je dévorais les maîtresses. Elle était plus jeune, un peu comme Mum, et avait une queue de cheval, bien que moi je trouvais qu'elle ressemblait plutôt à une queue de renard. Elle se balançait toujours derrière sa tête, car elle n'arrêtait pas de bouger dans la classe pour venir voir ce qu'on faisait. On aurait dit une abeille volant de fleur en fleur pour les butiner comme j'en avais déjà vu dans Les Choux. Et c'était drôle, car elle ne semblait pas du tout avoir peur que je la dévore, vraiment pas. Au contraire, elle guettait les moments où j'allais fouiller dans « la boîte magique » qu'elle avait installée au fond de la classe, pleine de fiches « magiques » que je devais aller mettre dans « la boîte de l'ogre » qui « adorait manger les fiches magiques d'Adélitah ». C'est bien simple, tout était magique avec cette nouvelle maîtresse. Même « le conseiller pédagogique » devait trouver magique sa façon de nous butiner sans arrêt avec sa queue de renard qui se balançait, car il venait souvent la voir et elle nous avertissait toujours de sa visite : « Aujourd'hui les enfants, on va avoir la visite du conseiller pédagogique. Il vient nous voir, car je lui ai dit que vous travaillez très bien. »

Je l'aimais bien ma maîtresse et je crois que le conseiller pédagogique aussi, car il la regardait avec des yeux brillants, comme lorsque Daddy regardait Mum en lui disant des mots doux. Mais son pouvoir magique n'avait eu cependant aucun effet sur François cette année-là. Il ne s'en sortait toujours pas et maintenant Daddy ne parlait plus de Devin.

« Ne te fais pas de bile comme ça, petite chérie, on n'y peut rien, c'est le destin.

— C'est quoi le destin ?

— Ça veut dire que c'est comme ça princesse, on n'y peut rien. »

La pensée de Daddy ne changeait pas, mais je commençais à le comprendre un peu mieux, j'avais deviné que le Président était encore malade. Et c'est peut-être à cause de ça qu'ils s'étaient mis tous les deux à acheter de nouveaux disques et à les écouter dans le salon dès qu'on rentrait à la maison, tout en prenant bien soin de m'en acheter quelques-uns pour nourrir mon petit mange-disque affamé. Mum aurait écouté *Déjeuner en paix*, *Bille de verre* ou *Les romanichels* jour et nuit si Daddy ne l'en avait pas empêchée en intercalant de nouveaux enregistrements de *L'apprenti sorcier* ou de la *Septième* ; ou encore de *Swan Lake*, un nom bizarre. « C'est de l'anglais, m'avait dit Daddy, *Swan Lake* et *Le lac des cygnes* c'est pareil. »

Ni l'un ni l'autre ne prenait plus la peine de citer les noms d'auteurs de ces petits chefs-d'œuvre qu'ils devaient déjà connaître par cœur et qui les persuadaient sans doute que le Président avait beau ne pas s'en sortir, que tout avait beau aller si vite, ils tiendraient bon du côté des valeurs. De sorte qu'au cœur de « l'Europe bouleversée », l'alignement par le bas n'aurait pas lieu.

8
Mum ressemblait à Ursula

Puis l'été était venu et Daddy avait voulu faire une surprise à Mum. Bien sûr, il m'avait mise *dans la combine*. « Je te mets dans la combine, mais chuuut, on ne dit rien à Mum, promis princesse ? »

J'avais promis et le soir j'avais presque tout raconté à Mum : Papa avait dit qu'on allait aller voir des Anglais et qu'on allait se baigner au bord de la « vraie » mer, mais j'avais fait très attention et j'étais fière de ne pas avoir avoué qu'il m'avait mise dans la combine.

Je revois encore Mum la première fois où elle était sortie de l'eau toute ruisselante. Elle riait de toutes ses belles dents dans son maillot de bain rouge et Daddy était « subjugué » : « Petite chérie, je ne te mens pas, on dirait Ursula dans Docteur No.

— Tu ne trouves pas chéri que tes références au septième art sentent un peu la naphtaline ? »

Mum lui avait répondu ça du tac au tac en prenant la pause sur les galets comme une star puis elle avait couru pour venir s'ébrouer comme un chien fou au-dessus de lui.

Après je leur avais posé beaucoup de questions, car je voulais tout savoir sur tout : le docteur No... la naphtaline et surtout Ursula. Et je me souviens bien qu'après toutes leurs explications et malgré toute leur bonne volonté j'avais arrêté de les interroger, car je ne comprenais plus rien à rien. Et Mum avait eu beau m'expliquer une dernière fois que la naphtaline c'était pour rire, que c'était juste pour dire qu'Ursula était un peu vieille, je n'avais pas réussi à comprendre pourquoi Daddy avait trouvé que Mum lui ressemblait, car elle n'était pas vieille Mum.

Puis le soir, après le repas à l'hôtel, on était allés voir les Anglais. « En route princesse pour la promenade des Anglais », avait dit Daddy en me soulevant dans ses bras.

On avait marché le long de la mer pendant la nuit, il y avait beaucoup de monde qui se promenait comme nous. On entendait les vagues et ça ressemblait au ruissellement des petites graines dans les bâtons de pluie que la maîtresse avait fabriqués à l'école. Mum et Daddy me tenaient chacun par la main en me soulevant de temps en temps pour faire la balançoire. Puis tout à coup, ils s'étaient arrêtés au milieu de la promenade et Daddy s'était baissé pour me demander à l'oreille, pour me mettre encore dans la combine, si j'aimerais avoir un petit frère ou une petite sœur. Et j'avais répondu très fort « un petit frère et une petite sœur ! », ce qui les avait bien fait rire.

Puis on était rentrés à l'hôtel, et j'avais naturellement posé la question : « Mais les Anglais on les a pas vus ? »

Et Mum avait stoppé net Daddy dans sa tentative de réponse pour dire qu'il était tard, que j'étais très fatiguée, qu'il était temps d'aller dormir et que les Anglais on les verrait « demain ». Elle était peut-être comme la maîtresse qui n'y arrivait plus avec moi, elle devait avoir peur que je la dévore elle aussi avec mes questions sans fin.

9
Merlin l'enchanteur

Dès que je fus en âge d'imaginer, j'imaginai naturellement une excuse à Mum et Daddy. Ils n'y pouvaient rien, ils s'étaient laissé emporter par cette époque dont parlait le Président où tout allait si vite et ils n'avaient pas eu le temps d'inventer quelque chose de très important pendant que j'étais dans le ventre de Mum : *le mode d'emploi* de ce petit ange prodigieux… Hum ! de cette petite ogresse qu'ils avaient mise au monde et qui posait des questions vraiment bizarres à ses parents ; ou qui les dévorait maintenant de questions comme elle dévorait les maîtresses sans queue de renard. Et mon entrée à la grande école n'allait pas tarder à me persuader de cet oubli problématique.

Je me souviens très bien de la classe « des grands » à cause de sa porte d'entrée sur laquelle le maître avait dessiné un immense bonhomme avec un chapeau pointu gris et une longue barbe blanche qui lui descendait jusqu'aux pieds. Une petite chouette était perchée sur son épaule et il tenait un énorme livre dans les mains.

« Voici Merlin l'enchanteur, les enfants ! On lui dit bonjour ? »

C'était la première fois que j'avais un maître et quand je lui avais demandé tout de suite où se trouvait la boîte de l'ogre, rien qu'à la manière dont il m'avait longuement dévisagée avant de me répondre avec ses yeux doux aussi bleus que les chemises du docteur, j'avais bien vu que ma question ne l'effrayait pas. Mais il devait réfléchir, se demander dans quelle langue il devait me traduire sa réponse pour qu'on se comprenne, car il n'était pas diplomate, lui. C'était son métier de savoir parler aux enfants, il était « professeur des écoles ». Mum l'avait su dès sa première réunion de parents de l'année et cette nouvelle semblait l'avoir enchantée – littéralement subjuguée. Elle avait tout de suite soufflé à Daddy que « le courant allait passer » entre nous, qu'elle « sentait bien » ce maître et avec moi elle avait montré le même optimisme : « Ton maître est professeur des écoles, il est très gentil et vous allez bien vous entendre tous les deux, tu verras mon trésor ! »

En tout cas, les choses ne s'étaient pas tout à fait déroulées comme elle l'avait rêvé.

Je n'ai jamais oublié ce que le maître m'avait répondu après m'avoir longuement dévisagée : j'avais maintenant « le choix », oui, je pouvais choisir entre la boîte de l'ogre et « l'atelier des artistes » et j'avais tout de suite dit que je préférais l'atelier. En plus, il n'y avait pas de fiches de travail supplémentaires lorsque j'avais fini mes exercices, je n'avais qu'à rejoindre en silence le fond de la classe pour y faire de « beaux dessins » avec des crayons, des feutres et des papiers de couleur que je pouvais découper et coller sur de grandes feuilles elles aussi de toutes les couleurs.

« Les beaux dessins, ce sont des dessins que tu aimes Adélitah, d'accord ? »

Il m'avait dit ça avant même que je lui pose la question. Il me comprenait très bien le maître, Mum ne s'était pas trompée et je devinais bien qu'il était comme moi, qu'il aimait que les choses aillent vite, très vite. D'ailleurs, il arrivait toujours en courant à l'école, il paraissait toujours pressé.

Je m'étais mise rapidement à dessiner Mum et Daddy et le maître avait roulé de grands yeux ronds quand il avait regardé mon dessin. Il n'avait encore « jamais vu ça » et m'avait tout de suite posé la question : « Tu m'expliques ce que tu as dessiné ?

— Ça, c'est maman et papa qui ne forment qu'un ! »

C'est vrai que Mum et Daddy y apparaissaient coupés en deux et collés l'un à l'autre. Ça faisait une espèce de bonhomme avec deux bras et deux jambes dont l'une portait un pantalon et l'autre une jupe ; et pareil pour la tête, avec la moitié des cheveux courts de Daddy et la moitié des cheveux longs de Mum.

Le maître avait écrit sur le dessin avec une belle écriture régulière ce que je venais de lui raconter : « Ça, c'est maman et papa qui ne forment qu'un », en suivant chaque mot avec son doigt, avant de me dire qu'il avait trouvé mon dessin « très beau ». Il avait souvent ce mot à la bouche pour les dessins et pour le travail, c'était également toujours « très bien ». Il disait d'ailleurs toujours ça, à moi et à tous mes petits camarades ; il trouvait toujours « très beau » ou « très bien » tout ce qu'on faisait en classe. Et j'avais eu tout de suite envie de commencer un autre dessin, celui du *h* de mon prénom avec d'énormes racines rouges en dessous de sa jambe, comme des racines d'arbre. Et le maître m'avait encore posé la question.

10
Un secret entre nous

Peu à peu, j'en étais venue à lui raconter l'histoire de mon prénom avec des dessins et des collages. Le maître semblait beaucoup aimer là encore ce que je dessinais, car il n'avait pas tardé à m'apporter une « photocopie » en noir et blanc d'une *soldadera* mexicaine sur laquelle j'avais découvert qu'elle portait un énorme chapeau, « un sombrero » avait-il précisé, et « une cartouchière en croix » sur son ventre. Une autre fois, il était arrivé en classe avec une autre photocopie où il avait repassé en rouge tout un tas de petites lignes qui formaient comme une grosse racine d'arbre : « Tu vois, elle ressemble à celle que tu as dessinée sous le *h* de ton prénom ! »

Et il m'avait appris ce jour-là que l'Amazone était l'un des plus grands fleuves du monde avec toutes ses rivières qui le faisaient grossir.

Je m'entendais vraiment très bien avec le maître, mais un matin, juste après la récréation, j'avais tout de suite remarqué au fond de la classe une dame avec de grosses lunettes rondes comme mon ancienne maîtresse, mais avec des montures en or et de drôles de branches tordues.

Et très vite, après la leçon de calcul, quand j'avais rejoint *l'atelier des artistes*, la dame s'était approchée de moi, m'avait demandé comment je m'appelais et ce que j'étais en train de faire. Je lui avais tout expliqué, car j'étais trop contente de lui montrer mes beaux dessins. Et lorsque j'avais choisi une fiche de labyrinthe « très difficile » où il y avait plein de fausses pistes, je lui avais raconté l'histoire d'Ariane, « la fille du roi de Crête ». C'était grâce à une pelote de fil qu'elle avait permis à « son amoureux d'échapper à un terrible monstre » ; et ce fil, je lui avais encore dit que le maître m'avait expliqué que c'était comme la ligne d'horizon de l'humanité dont m'avait parlé mon papa. La dame m'avait aussi posé beaucoup de questions, elle voulait savoir si je venais souvent dans le « coin atelier », elle ne disait pas *l'atelier des artistes*, et je lui avais aussi montré tous mes cahiers. Mais pendant tout ce temps, elle n'avait jamais souri ni jamais dit comme le maître des « très beau » et des « très bien ». Elle s'était contentée de regarder longuement mes dessins et mes cahiers ou de m'écouter en silence. Puis la sonnerie avait retenti et nous avions quitté la classe en rang comme d'habitude, sans la dame qui était restée assise sur sa chaise avec un gros cahier ouvert sur la table de l'atelier dans lequel elle semblait écrire beaucoup de choses.

L'après-midi, une autre dame était venue dans la classe, elle aussi avec des lunettes, mais les siennes n'étaient pas rondes, on ne les voyait presque pas, elles avaient une monture fine comme celles du docteur. Je l'avais tout de suite reconnue, c'était « la psychologue scolaire », car elle était déjà venue nous voir dans la classe pour « se présenter ». Elle était encore très souriante et j'avais déjà remarqué qu'elle souriait tout le temps. Le maître avait échangé quelques mots avec elle sur le pas de la porte qu'il avait laissée ouverte en nous disant d'être bien sages, car Merlin nous « surveillait » ! Puis il l'avait installée elle aussi au fond de la classe et au bout d'un moment, je l'avais rejointe, car j'avais fini mes exercices en avance. Et après tout s'était passé comme avec la dame du matin, sauf que la psychologue scolaire n'avait pas arrêté de répéter des « Bien, bien, bien » chaque fois qu'elle avait vu plusieurs dessins ou que je lui avais parlé ; et toujours avec le même sourire très doux qui montrait de toutes petites dents blanches qui ressemblaient aux miennes. On aurait dit des dents de lait malgré son âge.

Après son départ, comme s'il avait été soudain très pressé, le maître avait profité de la récréation pour rassembler tous mes dessins et mes labyrinthes en une sorte de gros livre qui ressemblait à celui de Merlin. Et c'était extraordinaire, car je pouvais tourner les pages, on aurait dit un vrai livre. Il avait mis une belle couverture rouge sur laquelle il avait écrit « L'histoire de mon prénom », titre que j'avais réussi à lire sous son doigt, ce qui l'avait étonné.

« Tu sais déjà lire ? Mais tu es une grande fille, dis-moi, c'est très bien ! », m'avait-il dit le sourire aux lèvres en me fixant de ses yeux clairs. Rien que ça, mais c'était merveilleux. Et là, c'était sorti tout seul : « Vous allez partir maître ? »

Le maître n'avait pas répondu à ma question, mais il m'avait regardée comme Daddy quand il hésitait parfois dans ses réponses et j'avais compris que c'était ça, il allait partir. Mais comme il ne voulait surtout pas me faire de la peine, il s'était fait « devin ». Daddy avait fini par m'expliquer avec beaucoup de peine qu'un devin c'était quelqu'un « qui prédisait le futur », c'est-à-dire l'avenir... enfin prédire c'était deviner, c'est pour ça qu'on disait devin... et l'avenir c'était ce qui n'était pas encore arrivé...

« Tu vois ? », avait-il conclu au bout de sa longue explication. Et j'avais fini malgré tout par comprendre que le maître s'était fait devin en me mettant lui aussi dans la combine juste avant de partir. Il m'avait dit à l'oreille que mon prénom « contenait deux *a*, alors je deviendrais plus tard une grande artiste et je rencontrerais le prince charmant : un grand amoureux comme Aladin avec sa lampe magique, car je savais déjà très bien sortir des labyrinthes très difficiles sans me décourager ».

Le soir, quand Mum était venue me chercher, il lui avait donné mon livre rouge en lui disant naturellement que je travaillais « très bien » en classe et que j'étais déjà « une grande fille », car je savais déjà lire, mais il ne lui avait pas parlé de mon prénom qui contenait deux *a*. Et j'avais compris que c'était un secret entre nous que je ne devrais répéter à personne, même pas à Mum et Daddy.

Après le dimanche, le maître n'était pas revenu en classe et je m'étais dit que moi aussi j'avais prédit le futur.

11
Une souffrance qui ne disait pas son nom

Je crois que la couverture rouge avait suffi pour que mon livre plaise à Mum. Elle l'avait tout de suite trouvé « bluffant » et Daddy en avait convenu à son tour : c'était bluffant, même si tous les deux avaient tordu les lèvres dans tous les sens pour m'expliquer vainement ce que ça voulait dire « en vrai », car maintenant je voulais qu'on me dise les choses comme ça.

Enfin, c'est drôle le destin dont avait déjà parlé Daddy, car à un mois près le départ de mon maître serait passé totalement inaperçu à cause de ce que « Jacques » allait dire. Une chose était sûre, Mum n'était pas d'accord avec Daddy quand elle en parlait.

« Moi, je crois qu'il va y aller, tu verras chéri. Il a peut-être encore la tête à Bruxelles, mais tu as vu ce qu'a dit François le 14 juillet, il a beaucoup d'estime pour Jacques. »

Elle voulait tellement y croire face à Daddy qui n'y croyait pas du tout : « Souviens-toi de ce qu'il a dit aussi à la fin de l'été : son subconscient lui dit d'y aller, MAIS son conscient lui dit le contraire. Donc à mon avis il n'ira pas et il faut arrêter de croire au messie. »

J'ignorais où ce Jacques voulait aller et ce qu'était un « messie », mais ça n'avait pas éveillé ma curiosité, car ce que Mum et Daddy disaient de mon maître au même moment était beaucoup plus important. Dès que Daddy était rentré de voyage, il avait tout de suite « flairé la maladie diplomatique ». Et comme il était diplomate, je me disais qu'il devait savoir de quoi il parlait. Mais bizarrement cette fois c'était Mum qui doutait.

« Enfin chéri, où est-ce que tu vas chercher des choses pareilles ? Tu regardes trop de films, son maître a quand même le droit d'être malade, non ? »

Mais lorsque le directeur de l'école avait convoqué Mum la semaine suivante, tout avait changé. Mum et Daddy n'avaient plus fait qu'un à nouveau. « On » leur cachait manifestement quelque chose, même si je n'avais pas encore réussi à savoir quoi. Et j'avais eu beau leur poser la question sur cette maladie, j'avais bien compris qu'avec pour seule réponse « Ce n'est rien, ne t'inquiète pas ! » eux aussi me cachaient quelque chose.

C'était une histoire apparemment très compliquée à comprendre et c'est sans doute pour cette raison que Daddy avait fini par demander à voir l'inspectrice.

« Tu veux que je te dise petite chérie ?

— Bien dis-le chéri et arrête avec tes devinettes, je ne peux quand même pas savoir tout ce qui te passe par la tête !

— Eh bien cette histoire de test ne me plaît pas je te le dis, mais pas du tout et Adélitah n'a pas besoin d'être testée ! »

C'était la première fois qu'il m'appelait par mon prénom et ce devait être à cause de mon livre qui avait dû l'impressionner. Il devait avoir enfin compris que j'étais devenue une grande fille et que Mum allait devoir remiser ses *trésor* et lui ses *princesse* dans « le musée du Caillou » – la pièce débarras qu'elle avait créée et où échouaient toutes les choses qui ne servaient plus, mais dont elle ne parvenait pas se séparer. Parce que c'était « comme ça ». Mum ne donnait jamais d'autre raison.

L'inspectrice qui ne riait jamais avait tardé à voir Daddy qui « fulminait », mais on avait fini par entrer tous les trois dans son bureau minuscule où se trouvait déjà la psychologue aux dents de lait. Mum et Daddy avaient semblé surpris. Et juste après c'est moi qui avais été surprise, car Mum semblait avoir brusquement retrouvé son indépendance au lieu de ne former toujours qu'un avec Daddy. Au contraire, elle était toujours d'accord avec l'inspectrice et surtout la psychologue scolaire qui parlait à sa place, car il fallait bien que Daddy comprenne. Cette histoire de révolution mexicaine et de ligne d'horizon de l'humanité, « ce n'était pas tout à fait de mon âge ». Et mes beaux dessins pouvaient exprimer une incompréhension et par conséquent, « Vous voyez ? » – la psychologue n'arrêtait pas de le répéter – mes dessins pouvaient donc « exprimer une souffrance qui ne disait pas son nom ».

Et Daddy s'était senti bien seul tout à coup. Il jetait des petits regards furtifs à… son petit bout de femme indomptable, comme pour s'assurer qu'elle ne l'abandonnerait pas contre les troupes du gouvernement. Toute l'histoire d'Adela Verde qu'il m'avait tant de fois racontée avait ressurgi de ma mémoire et je voyais bien qu'il était en train de reculer, de perdre cette bataille révolutionnaire avec ses « Il est vrai, mesdames, que vu sous cet angle… » qu'il opposait vainement à « mesdames » qui ne faisaient évidemment qu'une, c'était tout à fait ça. On aurait même dit que Mum vidait tout ce qu'elle avait sur le cœur depuis longtemps et qu'elle n'avait jamais osé avouer à Daddy parce qu'elle n'avait pas encore trouvé les bons mots pyramidaux pour le dire. En vérité, c'était si simple, il avait suffi de souffler à Daddy que je risquais de souffrir pour qu'il fonde comme les glaces du faux cousin Henri Dès ! Et maintenant, je devinais sans peine qu'il avait froid dans le dos avec cette histoire de souffrance qui ne disait pas son nom.

Mais c'est à ce moment-là que son infirmière guerrière avait brandi soudain son livre rouge qu'elle avait pris pour aller voir l'inspectrice ; qu'elle avait tourné quelques pages pour s'arrêter sur un dessin de labyrinthe et avouer avec un débit de mitrailleuse « qu'elle avait mal nulle part, qu'elle avait tout compris grâce à son maître qu'elle aimait bien, parce que c'était pas difficile à comprendre, que la ligne d'horizon de l'humanité ça nous aidait à sortir des labyrinthes et que le fleuve Amazone était la plus belle racine de l'humanité, et qu'elle ne voulait pas être testée ».

Après un tel carnage, un grand vide s'était fait et derrière le bureau la psychologue et l'inspectrice semblaient paralysées, avec des bouches rondes de poisson, pendant que Mum et Daddy se regardaient d'un air ahuri comme si je venais de renaître à l'instant sous leurs yeux.

« Bien, bien, bien, par conséquent vous voyez… », avait repris lentement la psychologue comme si elle avait eu peur que je me remette à la mitrailler. Mais je n'avais plus vraiment écouté ce qu'elle avait raconté. Je n'avais même plus écouté personne parce que de toute façon je ne voyais plus que dire d'autre pour sauver Daddy, je n'avais plus de munitions dans ma cartouchière en croix. Je me souviens simplement qu'à la fin Daddy était resté encore quelques instants dans le bureau pour bavarder avec l'inspectrice. Et quand nous étions rentrés à la maison, il avait annoncé à Mum avec une grande simplicité pour une fois qu'il s'était « bêtement trompé », car il n'y avait pas de maladie diplomatique.

C'était dit, Daddy avait beau être diplomate, il ne savait pas « flairer » les maladies diplomatiques ! Il me faudrait m'en souvenir. Mais ça n'avait rien changé en définitive, mon maître « bluffant » n'était pas revenu à l'école.

12
Le mangeur de pommes

Les semaines suivantes avaient été un peu difficiles. En classe, tout à coup, plus rien ne m'avait intéressée le jour où Daddy m'avait expliqué que mon maître avait réussi « un examen » et qu'il ne reviendrait pas à l'école, mais... Bien sûr, il y avait ce *mais* qui devait me consoler : je ne serais pas « testée » parce qu'il n'y avait pas de raison. En vérité, je ne savais pas encore ce qui se cachait derrière ce mot que je n'avais fait que répéter pour lui faire plaisir. Et je pense que c'est surtout Daddy que ce *mais* rassurait puisque cette histoire de test ne lui plaisait pas du tout.

À la maison, je n'avais pu que remarquer une chose étrange, Mum et Daddy semblaient avoir brusquement perdu la parole. Ou plutôt ils s'étaient mis à chercher leurs mots devant moi comme si Mum avait eu peur à chaque instant que je recharge ma cartouchière avec chacun d'eux pour m'en servir contre elle, à chaque fois qu'elle ne ferait plus qu'un avec Daddy. Et Daddy devait avoir eu peur lui aussi que ses mots *matriochka* qui n'étaient pas tout à fait de mon âge me fassent du mal et provoquent une nouvelle souffrance qui ne dirait pas son nom.

Puis le mois de décembre était arrivé et ils avaient brusquement retrouvé la parole le jour où Jacques avait enfin dit qu'il... « n'irait pas » ! Il avait surpris tout le monde quand il avait déclaré qu'il ne serait pas candidat « à la présidentielle ». Et Mum avait dû sentir au même instant le ciel lui tomber sur la tête et la terre se dérober sous ses pieds, car elle ne comprenait « plus rien du tout ». Elle qui avait cru au messie si longtemps, voilà qu'il avait suffi de quelques secondes pour que « Judas » arrive à sa place.

« C'était bien la peine de parader dans son club, d'opposer le parti du mouvement à celui de l'ordre, de clamer qu'il fallait remettre la société en mouvement, et tout et tout. Tout ça pour ça, tu te rends compte chéri, tu te rends compte ? Quel judas ! »

Daddy était d'abord resté silencieux face à ce cri de désespoir que Mum lui répétait en boucle dès qu'il avait franchi la porte d'entrée. Puis quelques jours plus tard, il avait tenté de lui répondre quelque chose qui avait eu un drôle d'effet sur elle.

« Tu as lu *Le Monde* ? Rocard a cru comme toi que Jacques allait sauver la gauche en sauvant le pays de la droite et maintenant il dit que le Parti socialiste n'est plus qu'un champ de ruines qui risque d'imploser. »

Je n'avais rien compris à ce qu'il avait dit, il y avait beaucoup trop de mots nouveaux, mais Mum avait écouté Daddy bien sagement et sans trop savoir pourquoi, comme si elle venait de retrouver soudain le messie, son anéantissement s'était changé comme par magie en une terrible colère… mais qui ne disait pas son nom.

« Livrer le pays à un mangeur de pommes, il fallait le faire tout de même, et Jacques l'a fait, tu verras chéri ! »

Mum venait de jeter ce « mauvais sort », il n'y avait pas de mot plus juste. Elle me faisait l'effet d'une sorcière maléfique et même si elle avait dit ça presque à voix basse, comme si elle se parlait à elle-même, j'avais deviné que ce devait être une chose terrible que celle de livrer le pays à un mangeur de pommes. De sorte que Jacques en serait bien puni.

J'avais tenté de la rassurer à nouveau, comme je l'avais déjà fait quand j'étais allée à l'école pour la première fois, même si je ne comprenais pas pourquoi Mum avait peur, parce que nous aussi on mangeait des pommes à la maison.

« C'est bien fait pour Jacques, hein, maman ? »

Mais je n'aurais pas dû dire ça, car elle m'avait regardée avec les mêmes yeux que le jour où elle voulait m'emmener chez le pédopsychiatre. Et quand je m'étais tournée vers Daddy, j'avais vu que lui aussi devait avoir deviné ce qu'elle pensait, car il nous avait tout de suite annoncé que le père Noël nous réservait cette année une surprise. « Une très grosse surprise. »

13
Le mois des grosses surprises

Les voyages, c'était devenu la ruse de Daddy quand il sentait que Mum avait vraiment peur pour moi, peur de ce qui « clochait » dans ma tête, peur de tout. Et c'est vrai que Mum retrouvait toujours ses émerveillements de « gamine » dans ces moments-là et j'aimais bien.

En tout cas cette fois c'était beaucoup plus loin que Les Choux et Daddy n'était pas peu fier de sa trouvaille. C'était carrément l'Amérique qu'il offrait à Mum, on allait aller « à New York avec le Concorde ! ».

« C'est quoi le Concorde ?

— C'est un avion supersonique avec une grande aile delta pour voler très vite à Mach 2 ; il a même un bec d'oiseau. »

Daddy avait déjà complètement oublié la peur qui ne disait pas son nom de la psychologue scolaire, car il me reparlait vraiment comme avant. Quant à Mum, elle devait avoir déjà l'esprit à New York, car elle avait aussitôt ajouté qu'elle avait hâte de découvrir le « Carnegie Hall », sans autre explication pour mes jeunes oreilles. J'avais juste compris que ce devait être un mot anglais, car je me souvenais de *Swan Lake*. Et moi, ce devait être l'effet des rues, des magasins illuminés, de toutes ces lumières scintillantes de Noël, j'avais eu aussi envie de fête. Je n'avais donc posé aucune question sur ce drôle d'oiseau capable de voler si vite, sur l'Amérique où allait souvent Daddy, Mach 2, New York, je ne voulais absolument rien connaître à l'avance, mais tout découvrir avec mes yeux. Je voulais être pleinement étonnée, être littéralement « subjuguée » comme Mum par cette très grosse surprise que les mots de Daddy dissimulaient et qui en étaient en quelque sorte le papier cadeau.

Le lendemain, hélas, cette belle promesse de Noël, ce nouveau tour de magie de Daddy était tombé à l'eau, car j'avais deviné que quelque chose « clochait » même si cette fois ce n'était pas dans ma tête. Daddy était venu me chercher à l'école à la sortie du soir et c'était aussi surprenant que la très grosse surprise que nous réservait le père Noël qui bien entendu ne faisait qu'un avec Daddy. En vérité, c'était à cause du destin, le mal de ventre de Mum était arrivé « comme ça » à son bureau, alors il n'y pouvait rien Daddy et je le lui avais dit quand il m'avait emmenée la voir à l'hôpital.

« Ce n'est pas grave papa si on ne va pas en Amérique, c'est le destin, on n'y peut rien. »

Il s'était contenté de me serrer très fort contre lui avant de pousser la porte de la chambre et lorsque j'avais découvert Mum allongée sur son lit tout blanc, je n'avais pas pu m'empêcher d'éclater de rire. C'était sûr qu'on ne pouvait pas partir en Amérique avec la tête qu'elle avait, sa peau était toute jaune comme si elle s'était déguisée pour nous réserver une grosse surprise elle aussi. Noël était vraiment le mois des grosses surprises cette année-là. Même ses mains avaient perdu leur couleur rose et j'avais trouvé son déguisement très réussi.

« Oh maman t'es toute jaune, c'est rigolo ! »

Mais Daddy n'avait pas ri du tout et bien vite je m'étais rendu compte que Mum gardait les yeux ouverts, mais sans nous parler comme si elle ne nous reconnaissait pas. Daddy m'avait soufflé à voix basse qu'elle était très fatiguée et qu'on allait la laisser se reposer. Et lorsque nous étions ressortis de la chambre, je ne riais plus moi non plus, car je regrettais d'avoir demandé un petit frère et une petite sœur. Deux bébés qui se mettaient à grossir en même temps dans le ventre de Mum c'était sans doute trop et c'était ça qui devait lui faire très mal et lui donnait une tête toute jaune.

Aussi j'avais été trop contente de m'être « bêtement trompée » comme Daddy avec sa maladie diplomatique quand le docteur de l'hôpital lui avait expliqué dans le couloir – Daddy rencontrait toujours ce docteur dans le couloir – que le mal de Mum « pouvait être dû au fait qu'elle faisait trop de calcul ». Je n'avais pas tout compris, car il parlait à voix basse et disait des mots très bizarres. À un moment il avait dit qu'il réservait « son diagnostic » et qu'il fallait attendre, mais j'avais bien entendu tout de même, il était « confiant ». Et ce docteur avait beau avoir une grande blouse blanche, il parlait comme le docteur avec ses chemisettes bleues : Daddy n'avait pas de raison de s'alarmer pour le moment.

Moi je m'étais inquiétée tout de même, car la maîtresse remplaçante nous donnait beaucoup d'exercices de calcul à l'école et je ne voulais pas avoir mal au ventre ou la peau jaune. Mais je n'avais rien dit à Daddy, il y avait déjà Mum à l'hôpital et c'était bien suffisant comme ça. Après tout pour le moment je ne risquais rien, c'était le début des vacances et la maîtresse n'avait pas donné de devoirs à la maison. J'avais beaucoup de chance.

14
La bonne fée

« Elle viendra à la maison quelques jours le temps que maman guérisse. »

Lorsque Daddy m'avait présenté « Madame Lucette » qui se tenait devant moi avec les mains sur les hanches et ses deux petites couettes de chaque côté de la tête, je n'avais rien dit. Mais au bout des quelques jours, quand il avait fait installer une télé dans la chambre de Mum « pour la distraire en attendant qu'elle aille mieux », je lui avais demandé. Je voulais savoir quand est-ce que Mum allait guérir.

« Bientôt tu verras, mais dis-moi, tu t'amuses bien avec mademoiselle Lucette ? »

Bien sûr que je m'amusais bien avec madame Lucette, mais il était bizarre Daddy, ce n'était pas ce que je lui demandais.

Puis un matin, il avait fini par lui donner « carte blanche » pour me garder durant « toutes les vacances ». Elle allait même coucher à la maison avec nous dans la chambre d'amis et j'avais eu peur tout à coup, très peur que Mum ne s'en sorte pas comme le Président. Mais je m'étais aussitôt jetée dans les bras de madame Lucette en criant « Chic ! chic ! chic ! » pour oublier cette vilaine pensée. Et parce que j'avais bien retenu l'histoire de mon prénom : une *soldadera* indomptable n'avait jamais peur, car elle savait sortir des labyrinthes très difficiles. Alors je n'allais pas montrer la mienne à Daddy qui devait être déjà assez ennuyé comme ça de voir que Mum ne guérissait pas. Et après madame Lucette m'avait bien vite entraînée dans la cuisine pour m'expliquer ce qu'était cette carte blanche qui était invisible en vérité.

« C'est quoi une carte blanche ? Voyons ! voyons ! C'est comme le jeu de *Jacques a dit*. Attention ! Attention ! *Carte blanche a dit* Adélitah doit préparer des crêpes pour le goûter ! »

Et aussitôt dit, j'avais dû verser de la farine et du lait dans un gros saladier avant de casser des œufs et j'avais été si occupée que je n'avais pas vu Daddy partir à son travail. C'était la première fois que je faisais des crêpes pour de vrai et le soir j'avais été impatiente de tout raconter à Mum. Et chaque jour, j'avais eu la même impatience parce que la carte blanche n'arrêtait pas de me dicter de nouvelles choses : « Adélitah devait aller faire du poney, monter sur la Grande Roue, naviguer sur un bateau-mouche, aller au cirque pour voir des acrobates. » Et je m'étais retrouvée à califourchon sur « Grand-Vent » dans le bois de Vincennes ou de Boulogne, je ne me souviens plus ; sous un grand chapiteau au bord de la piste tout près des jongleurs du cirque « Bouglione », car il n'y avait pas d'acrobates ce jour-là, avant de me retrouver tout en haut de la Grande Roue de la fête foraine. C'était « féérique », avait dit madame Lucette quand nous avions vu Paris se mettre à scintiller tout à coup à la fin de l'après-midi, comme si une bonne fée avait touché les toits d'un coup de baguette et que toutes les guirlandes de Noël s'étaient éclairées en même temps.

En vérité, c'était madame Lucette la bonne fée avec son jeu magique qui m'amusait follement. Et vers la fin des vacances, elle avait même acheté un beau bouquet de roses rouges et elle m'avait mis « ma plus belle robe » pour que je l'apporte à Mum. Et quand on était arrivés avec Daddy à l'hôpital, je m'étais jetée sur son lit pour le lui offrir, trop pressée que j'étais de lui raconter la chose extraordinaire que nous avions faite en début d'après-midi : nous avions vu *Le Roi Lion* au cinéma sur un immense écran et madame Lucette avait ri et pleuré comme moi, je l'avais bien vue, car c'était à la fois amusant et triste.

J'avais parlé sans m'arrêter, car l'histoire de Simba était très longue à raconter, il lui était arrivé beaucoup de choses avant de pouvoir monter sur le rocher pour devenir le roi de la terre des lions comme son papa. Et Daddy avait dit que « j'étais un vrai moulin à paroles » au moment où il m'avait soulevée dans ses bras pour me poser entre eux sur le lit. Je m'étais demandé ce qui arrivait, mais Daddy avait allumé la télé tout de suite après et le Président était apparu sur l'écran.

C'était la première fois que je le voyais et c'était curieux, car il nous avait appelés « Mes Chers compatriotes ». J'avais tout de suite vu qu'il avait la peau un peu jaune comme celle de Mum et j'avais pensé qu'il devait avoir la même maladie : il faisait trop de calcul et devait avoir mal au ventre parce qu'il essayait parfois de sourire. Mais ce n'était pas un beau sourire comme ceux de Mum avec ses belles dents. Le sien ressemblait plutôt à une grimace. Il était beaucoup plus vieux que Daddy et il n'arrêtait pas d'entrelacer les doigts de ses deux mains posées bien à plat sur son bureau. Il avait parlé un bon moment puis il nous avait souhaité « Bonne année » avant de disparaître de la télé. Mum avait aussitôt répété lentement « Je crois aux forces de l'esprit et je ne vous quitterai pas ». On aurait dit qu'elle non plus ne voulait pas le quitter en prenant le temps de « savourer » chacune de ses paroles, comme si elle mangeait un éclair au chocolat – Mum les adorait et reprochait d'ailleurs toujours à Daddy de manger trop vite et de ne pas savoir savourer les bonnes choses.

Daddy ne l'avait pas interrompue et il avait attendu patiemment qu'elle ait fini de savourer « les forces de l'esprit » du Président.

« François va nous manquer chéri, vraiment ! », avait-elle fini par dire et Daddy n'avait rien répondu. Il s'était juste contenté de me soulever à nouveau du lit en disant qu'il était tard et qu'il devait rentrer le petit moulin à paroles à la maison. Mais avant de partir, il avait déposé une petite boîte blanche à côté du bouquet en lui disant « Bonne année », avant d'ajouter en souriant qu'elle n'avait pas le droit de l'ouvrir avant minuit sinon ça ferait « comme le carrosse de Cendrillon ». Puis il l'avait embrassée et moi aussi, j'avais sommeil et j'étais pressée de retrouver madame Lucette parce que j'étais sûre maintenant que Mum allait guérir. Il faut avouer que même si Daddy ne me disait plus rien sur sa maladie, j'avais remarqué que c'était le premier jour qu'elle remettait du rouge à lèvres et que je repartais avec des petits papillons sur le front et les joues.

Acte II

1
La vilaine pensée

Daddy avait prévu un retour triomphal en son absence qu'il n'avait pu éviter bien entendu, et qui lui avait « chamboulé son agenda » parce qu'elle était de « dernière minute ». En effet, Mum avait fait « une petite complication » imprévisible le lendemain de notre visite. Il nous avait dit ça juste avant de partir avec une tête toute plissée de *Shar-Pei*, à la fois douce, mais terriblement triste, et madame Lucette avait tenté de ne pas ajouter à sa tristesse en lui disant qu'il y avait quelque chose de beaucoup plus important et qu'elle s'occuperait de tout.

« Le plus important est que votre épouse est enfin guérie, monsieur Leenaert. »

C'était simple ce qu'elle avait dit, mais elle avait vraiment trouvé les bons mots, madame Lucette. Et lorsque les fleurs avaient été livrées à la maison, elle avait tiré le petit guéridon du salon dans le hall d'entrée pour y installer « les oiseaux de paradis », des fleurs qui portaient bien leur nom avec leurs crêtes orange plantées sur des feuilles enroulées en pointe qui imitaient parfaitement de longs becs d'oiseaux fabuleux. Et Daddy n'avait rien oublié, il y avait aussi un gros bouquet de « pivoines doubles » roses et blanches « À l'attention de madame Lucette ». C'était écrit sur le petit carton blanc agrafé sur le papier transparent. Je lui avais dit en cachette qu'elle les adorait et j'avais été très contente pour elle, car elle m'avait expliqué que « dans une maison les pivoines ça chasse les mauvais esprits ». Madame Lucette en était en tout cas persuadée, elle était « superstitieuse », ce qui voulait dire sans doute qu'elle avait peur des mauvais esprits.

Mais la fête avait été complètement gâchée dans ma tête quand j'avais trouvé Mum assise dans le salon en rentrant de l'école. Au lieu d'applaudir et de sauter de joie, j'avais tout de suite pensé qu'elle était enfin guérie parce que mon petit frère et ma petite sœur n'étaient plus dans son ventre. Qu'ils étaient morts en vérité. Et les images du Roi Lion avaient aussitôt ressurgi sous mes paupières quand le père de Simba tombe dans le vide et que le lionceau ne réussit pas à le réveiller. J'avais beau me dire que c'était une vilaine pensée, que je me réveillais d'un cauchemar sans parvenir à distinguer encore nettement la frontière entre le rêve et la réalité. J'avais beau me répéter que tout ça ne pouvait qu'être faux puisque le docteur de l'hôpital avait donné la vraie cause de son mal de ventre et de sa peau jaune, je n'arrêtais pas d'y penser et de penser aussi que c'était de ma faute comme dans le film : je n'aurais jamais dû répondre à Daddy que j'aimerais avoir un petit frère et une petite sœur.

Bien sûr, ce que je dis là n'avait duré en vérité que très peu de temps dans ma tête. Mais au moment de me jeter dans les bras de Mum, je m'étais sentie très mal, car j'avais eu envie de rire et de pleurer en même temps. Alors ça m'empêchait de respirer. On aurait dit que des bras inconnus dans mon dos me serraient trop fort et que j'allais mourir étouffée. Et je crois que si je n'avais pas éclaté en sanglots à ce moment-là, avec de grosses larmes que j'avais cachées dans la robe de Mum qui sentait bon la vanille, je serais vraiment morte étouffée.

2
Sésame, ouvre-toi !

Après, tout avait recommencé comme avant, enfin presque. Madame Lucette était rentrée chez elle avec ses pivoines doubles qui chassaient les mauvais esprits, Daddy avait remis de l'ordre dans son agenda en revenant de voyage, Mum était retournée à son bureau avec des lèvres écarlates et moi j'avais retrouvé mes camarades d'école. Mais c'est ce jour-là que je m'étais aperçue que non, ce n'était plus tout à fait comme avant.

Dès que j'avais retrouvé la maîtresse et mes camarades, ma vilaine pensée m'était revenue en mémoire et je n'arrivais plus à l'oublier, elle tournait en rond dans ma tête et m'empêchait de les entendre. Ils semblaient si loin de moi tout à coup. Je ne parvenais donc plus à m'intéresser à ce qu'on apprenait en classe ni à jouer avec mes copines à l'élastique ou à *Loup glacé* pendant la récréation. Et j'avais beau avoir un prénom révolutionnaire avec un *h* à la fin qui devait m'aider à triompher des labyrinthes très difficiles, je ne savais plus comment m'en sortir. C'était vraiment ça le problème, j'avais cette vilaine pensée qui tournait dans ma tête et dont je ne pouvais parler à personne et surtout pas à Daddy ou à Mum, car j'avais trop peur de réveiller le fantôme du pédopsychiatre !

Alors j'étais devenue une enfant « distraite » que la maîtresse « ne reconnaissait plus ». Elle me le répétait souvent pendant la classe, surtout en début d'après-midi quand elle venait de m'interroger pendant *la lecture-furet*, on lisait « chacun son tour », et que je ne savais jamais où on en était. Mais jour après jour, j'avais bien senti que la colère montait dans sa drôle de manière de m'interroger.

« Adélitah, tu continues s'il te plaît ? »

En vérité, elle avait beau jouer les gentilles avec ses « s'il te plaît », elle devait savoir que je ne suivais pas ; et j'étais persuadée qu'elle cherchait plutôt à me punir maintenant, car elle devait être comme moi la maîtresse : avec ma distraction, elle ne savait plus comment faire pour s'en sortir.

Et un après-midi, j'avais eu tellement peur d'être punie que j'avais brusquement repensé au secret de mon maître. Si j'allais devenir « une grande artiste » à cause du premier *a* de mon prénom, je m'imaginais qu'une grande artiste devait être encore plus forte, plus « indomptable » qu'une *soldadera* qui n'était pas une « grande » infirmière-soldat. Je ne devais donc pas désespérer, j'allais réussir à revoir la ligne d'horizon de l'humanité, le fil rouge qui me conduirait à la sortie. Même si c'était très difficile, car il fallait que j'y arrive sans effrayer personne à cause de ce fichu fantôme du pédopsychiatre. Et sans énerver la maîtresse qui l'était déjà bien assez. Sauf que cet après-midi-là ça pressait, elle avait répété son éternelle question : « Adélitah, tu continues s'il te plaît ? » Il fallait à tout prix que je réponde quelque chose. Et j'avais eu beaucoup de chance, une chance incroyable, la formule magique était sortie de ma bouche, comme dans un conte des Mille et Une Nuits. Quelques mots qui allaient m'ouvrir la porte de ce méchant labyrinthe où j'étais enfermée avec ma vilaine pensée.

« J'ai mal à la tête maîtresse. »

3
Le jeu de la Présidente

Ce qu'il y a de drôle dans cette histoire de mal de tête, c'est la manière dont ce sésame inespéré allait bouleverser ma vie. Je pourrais par exemple faire une « déclaration historique » à cet endroit de mon carnet de voyage, jouer au *jeu de la Présidente* et parler comme l'avait fait au Louvre le Président préféré de Mum. Oui, je pourrais très bien avouer par exemple à « Mes chers compatriotes », avec un lyrisme aussi incontrôlable que les débordements d'émotion de ma moman, que je dois tout à ce mal de tête « légendaire » qui a fait naître en moi la fameuse *ambition de mon avenir* qui avait terrorisé Mum à ma naissance. Un mal de tête « providentiel » qui m'a permis, au moment précis où la maîtresse avait bien failli me punir, de me retrouver enfin « dans mon histoire, dans mon art et dans mon passé grâce aux forces de l'esprit ».

Rien que ça, tout ça, enfin n'importe quoi, une bien longue phrase si peu « impérissable » tout de même, juste pour m'amuser, parce que je ne sais toujours pas ce que le Président François avait voulu dire et je ne suis pas encore devenue présidente de la République. Mais surtout, ça ne s'est pas passé tout à fait de cette manière en réalité, d'un coup de baguette magique !

4
La chute d'une héroïne

Sur le coup, je n'avais pas du tout réalisé que je venais de prononcer un sésame « légendaire », car c'était la première fois de ma vie que je mentais, et à la maîtresse en plus. J'avais donc eu si peur que j'avais éprouvé la peur de ma vie. J'avais soudain entendu le bruit de mon cœur dans mes oreilles. Un bruit assourdissant, je n'entendais plus que lui. C'est à peine si j'avais perçu très faiblement la voix de la maîtresse qui me demandait de parler plus fort parce qu'elle n'avait rien entendu, puis tout de suite après la voix lointaine de ma copine Laure lui répéter tout haut ce que j'avais dit tout bas. Alors... j'étais perdue.

Après je me souviens seulement que j'étais allongée par terre et que la psychologue scolaire était en train de me donner des petites claques rapides sur les joues en me disant des « Bien, bien, bien » en cascade qui ne voulaient rien dire parce qu'elle me faisait mal aux joues tout de même.

Je n'ai jamais su pourquoi la psychologue scolaire s'était retrouvée dans la classe cet après-midi-là. Peut-être à cause de son bureau qui se trouvait juste à côté ?...

La maîtresse avait eu bien entendu très peur : « Si vous saviez comme j'ai eu peur quand j'ai entendu le bruit qu'a fait sa tête en cognant le plancher...

— Bien, bien, bien... »

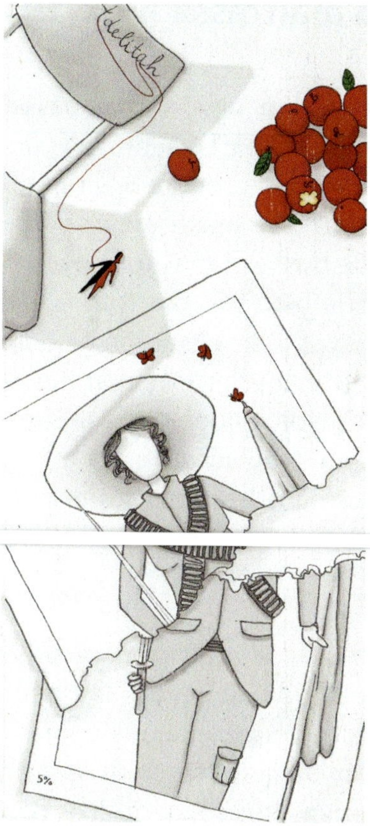

Et juste après j'avais enfin ouvert les yeux et j'avais vu ceux de mes camarades braqués sur moi tout autour du regard bleu de la psychologue. C'est ce jour-là que j'en avais découvert la couleur. Je ne m'attendais pas du tout à voir tous ces yeux et ma première réaction s'était encore passée dans ma tête. J'avais été terriblement vexée et c'était comme si la belle photocopie en noir et blanc de mon maître avec le grand sombrero et la cartouchière en croix venait de se déchirer sous mes yeux : la *soldadera* indomptable de Daddy venait de tomber de sa chaise elle aussi. J'avais eu si peur d'être punie à cause du mensonge que je venais de dire – mon premier mensonge – que j'avais été envahie moi aussi par une émotion incontrôlable, pareille à celles de Mum. Si violente que j'en étais tombée dans les pommes. C'est vrai que ce n'était pas du tout glorieux et que c'en était bel et bien fini de la jeune fille « héroïque » à laquelle Daddy avait tant rêvé.

Mais bon, je suis bien obligée de parler maintenant de ce qui m'était arrivé encore après ma chute et qui m'avait permis de me consoler rapidement. Et je pense que je suis née sous une bonne étoile pour qu'il me soit arrivé une chose pareille. À moins que ce soit à cause des forces de l'esprit auxquelles croyait le Président préféré de Mum ? Ou encore, j'allais oublier, à cause d'un « bon » Dieu pas du tout rancunier du pied de nez insensé que Mum et Daddy lui avaient fait ? Vouloir rejouer les origines de la création, vouloir refaire le monde, lui apporter la perfection qui lui manquait en « me » mettant au monde, quelle horrible prétention ! Il fallait vraiment que le bon Dieu fût « fair-play » – Daddy m'avait appris le sens de ce mot anglais que je trouve très beau : être bon joueur ou bonne joueuse c'est vraiment beau et je ne suis pas sûre que je l'aurais été moi, à sa place...

5
« Elle allait en parler à la maîtresse »

Mon premier mensonge, j'avais dû le dire à voix très basse puisque la maîtresse ne l'avait pas entendu, mais le deuxième, pas du tout. Lorsque la psychologue avait proposé de me prendre « un petit moment » dans son bureau pour que la maîtresse puisse finir sa *lecture-furet*, maintenant que « je n'avais pas de bosse et mal nulle part », je l'avais dit sans mourir de peur. En vérité, je n'en suis pas tout à fait sûre, je n'ai que douze ans à l'heure où j'écris ces lignes, mais on ne doit mourir de peur qu'une fois dans sa vie en tombant dans les pommes : le jour où on dit son premier mensonge. Si on doit évidemment mourir de peur comme moi parce qu'on est beaucoup trop sensible ! Et après « on est vacciné », on ne tombe plus jamais dans les pommes même si on en dit encore, des petits, des gros, des mensonges de toutes les tailles, même des XXL.

J'avais attendu le moment où la psychologue avait commencé à m'interroger sur mon mal de tête, car « elle voulait savoir ». C'était normal, elle avait dû avoir très peur elle aussi. Mais je ne pouvais pas lui raconter « la vraie vérité », si on peut dire ça de cette façon. Il m'était impossible de lui avouer que j'avais dit un mensonge. Et je n'allais pas non plus lui expliquer pourquoi j'étais « si distraite depuis la rentrée des classes », comme le lui avait dit la maîtresse. Je n'avais donc pas eu le choix. J'avais senti l'émotion remonter en moi, mon cœur battre dans les oreilles, un peu moins fort, ce n'était plus comme la première fois. J'avais eu moins peur et j'avais dit simplement que je ne savais pas, à moins que…

« À moins que, tu me dis Adélitah ? »

Là, je ne pouvais plus reculer et je lui avais avoué que je m'ennuyais beaucoup pendant la *lecture-furet* parce que je savais lire depuis longtemps, que c'était peut-être pour ça si j'avais mal à la tête et que j'étais tombée par terre. J'avais dû m'endormir tellement je m'ennuyais, même si je savais très bien que ce n'était pas vrai. Mais bizarrement la psychologue avait semblé ravie de ce mensonge, ou avait-elle souri à sa victoire parce que je lui avais enfin avoué ma fameuse souffrance qui ne disait pas son nom ? En tout cas, j'avais eu droit à un nouveau « Bien, bien, bien » avant qu'elle me mette dans la combine à sa manière un peu mystérieuse : « elle allait en parler à la maîtresse ».

Et voilà ! Le lendemain, le sésame salvateur avait enfin fonctionné, il avait fallu que je le répète, que je mente deux fois plutôt qu'une, mais il m'avait enfin ouvert la porte qui masquait un trésor. Et quel trésor ! La maîtresse m'avait aussi donné « carte blanche », comme Daddy l'avait fait avec madame Lucette. Elle m'avait dispensée de la lecture-furet et donné la permission de lire pendant ce temps « tout ce qui me plairait » parmi les albums de la classe ou de la bibliothèque toute neuve de l'école. C'était magique !

6
C'estpasvraij'ycroispas

Bien entendu, quand on dit « C'est magique », ça ne l'est souvent pas tant que ça. Mais la carte blanche que la maîtresse m'avait donnée avait été vraiment magique parce qu'aux grandes vacances, sans mentir, elle m'avait déjà fait grandir comme un champignon de deux ans au moins, même si je mesurais toujours à peu près la même taille. Je connaissais plein de mots nouveaux qui m'avaient déjà permis d'apprendre beaucoup de nouvelles choses, à cause des albums et des livres que je m'étais mise à dévorer comme une affamée. Et la maîtresse avait même commencé à s'inquiéter. Depuis qu'elle avait eu très peur de ma chute, elle était devenue un peu comme Mum. Elle me surveillait « comme le lait sur le feu », ce que Daddy ne faisait jamais la plupart du temps en le faisant souvent verser le matin. Elle n'arrêtait pas de compter les livres que je lisais et avait fini par me gronder gentiment : je devais être raisonnable sinon je risquais d'avoir encore mal à la tête.

Je souriais parce que dans ma tête, justement, tout s'était mis à changer à la vitesse du Concorde ! Je comprenais beaucoup mieux Mum et Daddy et je m'étais déjà fait en récréation une nouvelle copine qui était au CE1. Et moi qui trouvais toujours que tout n'allait pas encore assez vite dans l'époque bouleversée dans laquelle je vivais, j'avais enfin trouvé que je grandissais à la vitesse idéale, « à Mach 2 », et c'était le plus beau des trésors.

Grâce à lui, j'avais déjà pu « secourir » Mum au moment de l'élection présidentielle. Daddy était encore « en mission » et elle me laissait regarder la télé avec elle quand nous étions seules à la maison. Et ce soir-là, pour le coup, sa malédiction venait de se réaliser : le mangeur de pommes avait gagné ! Mais bizarrement, elle s'était sentie très mal, elle était devenue toute blanche sur le canapé rouge du salon alors que je pensais qu'elle allait être heureuse. En effet, sa malédiction s'était réalisée et elle avait gagné son pari contre Daddy.

Elle avait dû en avoir « le souffle coupé », car elle n'arrêtait pas de répéter « C'estpasvraij'ycroispas » en regardant les résultats affichés en gros sur l'écran de la télé. C'était tout à fait ça, on aurait vraiment dit que brusquement les mots s'étaient tous attachés dans sa tête, qu'il n'y avait plus d'air qui pouvait se glisser entre eux. Et j'avais deviné que Mum était en train de s'asphyxier. Elle avait dû se retrouver comme moi à ce moment-là à la fois très heureuse d'avoir gagné son pari, mais sans doute contrariée de ne pas pouvoir le dire à Daddy. Et surtout, elle devait être très malheureuse que « Lionel Jospin » n'ait pas été élu. Et comme moi lorsque Mum était revenue de l'hôpital, elle n'avait plus su si elle devait rire ou pleurer.

Même si je savais que j'étais redevenue une fille « normale », sans cartouchière en croix pour mitrailler l'immense déception qui était en train de l'asphyxier, j'avais malgré tout tenté de la secourir. Je lui avais dit simplement que « Jospin », Mum ne l'avait jamais appelé par son prénom pendant « la campagne », n'avait pas été battu de beaucoup : ça ne faisait que « cinq zéro trait zéro de différence ». Et comme elle semblait ne pas m'entendre j'avais tout de suite dit l'inverse : « Jacques Chirac » – c'était lui le mangeur de pommes – n'avait pas gagné de beaucoup, ça faisait toujours cinq zéro trait zéro de différence.

« On dit cinq pour cent trésor. »

Il avait fallu que je dise les choses à l'envers pour qu'elle me réponde à nouveau avec de l'air entre les mots. Et j'en avais été si heureuse que je m'étais tue et m'étais pelotonnée contre elle, même si je trouvais que j'étais trop grande maintenant pour qu'elle m'appelle encore « trésor ». J'étais sûre maintenant qu'elle était sauvée et qu'elle ne tomberait pas dans les pommes le soir où celui qui les mangeait venait d'être élu !

7
Sacré Manu !

Daddy avait dû chercher dès son retour à faire « oublier » son absence qui semblait avoir remis les hormones de Mum en pleine action. Elle l'avait accueilli avec une humeur boudeuse qui avait ensuite provoqué beaucoup de chamailleries entre eux à la maison. Pour un oui pour un non Mum le taquinait en lui reprochant « ses mille petits défauts qui commençaient à faire beaucoup s'il ne le savait pas encore ! » Et Daddy devait s'être juré de ne jamais plus être absent un soir d'élections présidentielles en attendant lui aussi le « sésame » qui lui permettrait d'éteindre ce nouvel incendie hormonal.

Puis son imagination « papyrus », aussi secrète que sa pensée *matriochka*, l'avait une nouvelle fois sauvé. Je l'avais appelée comme ça pour m'amuser, car le mot rimait presque avec « poupées russes ». Et grâce à elle, il avait fini par nous entraîner dans une drôle d'aventure pendant « La fête de la musique ». Il nous avait emmenées dans un immense « studio » plongé dans la pénombre où il y avait beaucoup de monde, plein de lumières multicolores qui s'éclairaient et s'éteignaient au plafond et c'était la première fois que je voyais « des caméras de télévision ». Nous avions suivi « l'émission » qui s'appelait, je crois, *Taratata* et je n'avais presque rien vu parce nous étions assis tout en bas et je n'étais pas encore assez grande. Mais cela ne m'avait pas empêchée de me lever comme Mum et Daddy de temps en temps pour applaudir de toutes mes forces. Jusqu'à ce qu'une « assistante » arrive avec des écouteurs sur les oreilles et des papiers dans une main pour nous conduire, Daddy et moi, dans « les coulisses » pendant que Mum était restée à sa place « pour écouter la suite du programme ».

Et je me souviens, j'avais eu l'impression de plonger dans la nuit noire tout à coup à cause du contraste avec toutes les lumières qui éclairaient la scène. Il y avait beaucoup de fils partout et l'assistante nous avait dit de « bien regarder où on mettait les pieds », avant de s'arrêter enfin devant une « star mondiale » qui était en train de ranger son saxophone. C'était le présentateur de l'émission qui l'avait dit : « elle était connue dans le monde entier ». Et je l'avais tout de suite reconnue quand je l'avais vue de près, car sa tête figurait en vérité sur la pochette d'un « CD » que Daddy avait à la maison.

Manu Dibango, c'était lui, « pas un noir du Mississippi, un noir des cocotiers » qui « faisait de l'orgue » aussi pour gagner sa vie. Il avait dit ça pendant l'émission et il était tellement grand, encore plus grand que Daddy, qu'il avait eu beau se baisser pour me demander mon prénom, je n'avais pas vu ses yeux à cause de ses lunettes noires.

« Et comment elle s'appelle la petite demoiselle ? »

Il m'avait demandé ça avec sa belle grosse voix que je reconnaîtrai toujours et tout de suite après il avait éclaté de rire avec ses dents blanches qui paraissaient encore plus blanches que celles de Mum. Il riait presque tout le temps comme sur la scène où je l'avais beaucoup entendu rire même si je ne l'avais pas vu. Puis il avait ressorti son saxophone de son étui, commencé à jouer et quand il l'avait reposé – un bel instrument blanc avec des touches en or – il avait dit ça en éclatant encore de rire : « Tu vois la petite demoiselle, ça, c'est la musique *makossa* de ton prénom ! »

Je n'avais pas compris ce qui se cachait derrière cette musique *makossa*, mais je n'avais pas eu le temps de lui poser la question parce que l'assistante avait soufflé à Daddy qu'il était « pressé ». Aussi tout s'était passé très vite, il m'avait juste soulevée à la fin au bout de ses longs bras et une fois qu'il m'avait reposée par terre, il avait fouillé dans la poche de son gilet à rayures dont il avait ressorti « l'âme de mon prénom, n'est-ce pas la petite demoiselle ? Car sans elle, tu vois, je n'aurais pas pu te le dire en musique ! » C'était un petit bout de bois plat très fin et Daddy m'avait expliqué plus tard que c'était « une anche », une petite lame de bambou qu'on mettait sur le bec de certains instruments de musique pour qu'ils produisent des sons.

Nous avions rejoint Mum à la fin de l'émission, car Daddy n'avait pas voulu « redéranger la salle ». Mum était par bonheur à nouveau « subjuguée » par ce qu'elle venait de vivre et en avait profité pour louer « l'irremplaçable Jack », lequel avait permis à cette fête de la musique de se hisser à un tel niveau d'exigence.

« N'est-ce pas chéri ? »

Et Daddy avait répondu en lui faisant un long baiser sur la bouche. Ils ne formaient plus qu'un à nouveau pendant que je serrais toujours dans la main *l'âme de mon prénom* à laquelle j'avais déjà trouvé… un nom. Je l'avais appelée « Ladédadédé Ladédadéda » en souvenir de ce que « Manu » avait chanté ce soir-là avec « Michel ». C'étaient les seules paroles dont j'avais pu me rappeler d'une chanson en anglais qui les avait beaucoup fait rire, *The Beat Goes On* : le rythme continue…

« Sacré Manu ! » Daddy avait bien raison.

8
Sacré Daddy !

Le rythme avait continué en effet avec les « Sacré Manu ! » que Daddy n'avait cessé de répéter en rentrant à la maison. Puis il avait dû continuer à le faire en silence dans sa tête puisque le premier jour des vacances, je crois, j'avais trouvé un gros paquet-cadeau au petit-déjeuner, sur la table de la cuisine, « À l'attention de la petite demoiselle Adélitah ». Mum et Daddy m'avaient bien attrapée en faisant semblant de rester au lit beaucoup plus longtemps que d'habitude et j'avais fini par me lever toute seule. J'étais toujours pressée de me lever le matin dès que j'étais réveillée et j'avais trouvé le cadeau la première ! Et parce que j'avais lu « la petite demoiselle », je m'étais tout de suite imaginé que c'était « Sacré Manu ! » qui me l'avait offert. Alors je n'avais pas pu résister et je l'avais ouvert avant que Mum et Daddy ne se lèvent enfin.

C'était un saxophone beaucoup plus petit que le sien, mais il était aussi beau, il brillait, même s'il n'était pas... tout à fait pareil !

Daddy avait dû voir dans mes yeux ma légère déception, car il s'était empressé d'avouer qu'il n'avait pas réussi à en trouver un « laqué blanc », mais il jouait « aussi bien ». Et moi, rien qu'à la manière dont il m'avait dit ça, j'avais aussitôt deviné. Après m'avoir rêvée en *soldadera* indomptable, Daddy me rêvait maintenant en « star mondiale » en train de jouer *The Beat Goes On* et ma légère déception s'était brusquement transformée en une émotion indéfinissable que j'éprouvais pour la première fois. Pas tout à fait une peur ou plutôt une peur qui ne me faisait pas tout à fait peur, enfin c'est difficile à expliquer, car j'avais aussi très envie d'apprendre à jouer de cet instrument. Daddy avait dû cependant deviner cette émotion bizarre en moi et, avant que je ne trouve quelque chose à dire, il avait ajouté une chose merveilleuse en me soulevant dans ses bras, comme « Sacré Manu ! » l'avait fait : « C'est juste pour que l'âme de ton prénom dorme maintenant dans un écrin ! »

C'était aussi beau que la musique *makossa* de mon prénom et j'avais compris tout de suite, j'avais couru dans ma chambre chercher l'anche qu'il s'était empressé de « monter sur le bec » du saxophone.

Sacré Daddy !

9
Des mensonges de libellule

Il m'avait fallu attendre mon troisième mensonge pour trouver enfin la pièce manquante la plus importante du *mode d'emploi* que je cherchais ; et je m'en étais étonnée. Une pièce de puzzle essentielle qui avait cruellement manqué au *petit ange prodigieux* « réinventé » par Mum et Daddy au moment où celui-ci était bêtement tombé dans les pommes et avait précipité hélas son brillant avenir de *soldadera* indomptable. J'y avais réfléchi tout le début de l'été avant de m'étonner de l'extrême simplicité de cette pièce qui n'était qu'un tout petit grain de sable comparé à tout ce que Mum et Daddy avaient dû inventer pour me mettre au monde. Même si j'étais tombée immédiatement d'accord avec... moi-même : je n'allais pas me reprocher, regretter de ne pas y avoir pensé plus tôt, car je ne pouvais pas, il y a des choses qui ont besoin d'une occasion favorable pour qu'on ait « le déclic ».

Tout s'était passé dans Les Choux. Il faisait très beau quand l'imagination papyrus de Daddy, sans doute stimulée par les *Ladédadédé, Ladédadéda* de Manu et Michel avait eu brusquement une nouvelle idée « lumineuse ». Il avait dit ça pour rire à Mum quand il lui avait annoncé qu'il allait « remettre de la vie » dans son « jardin Dédaine », enfin d'Eden, son « paradis terrestre ». J'avais enfin appris ce nom propre dans le dictionnaire. Un drôle de paradis dont elle se lassait déjà, le trouvant un peu trop isolé « à son goût ». Aussi Daddy avait trouvé « un couple de jeunes éleveurs avec un bébé qui cherchait justement jusqu'à l'automne une grande propriété pour leurs chevaux et quelques poneys ». Et Daddy avait bien entendu une idée derrière la tête. Il s'était « arrangé » pour que je puisse faire du poney quand nous irions dans Les Choux, sans compter que Mum s'y sentirait un peu moins seule.

Mais moi aussi j'avais eu ma petite idée derrière la tête. J'avais profité d'une promenade avec Daddy près de l'étang pour la lui avouer, lui sur sa « monture » et moi sur ma ponette « Choupette » dont il venait de m'expliquer qu'elle allait bientôt « mettre bas ». Je ne voulais plus de petit frère ni de petite sœur parce que deux bébés dans le ventre ça devait être très douloureux. Et je ne voulais surtout pas que maman retourne à l'hôpital. Bien entendu, ce n'était pas vrai, je désirais toujours avoir un petit frère et une petite sœur. Mais j'avais inventé ça, car j'avais eu beau lire de nombreux livres pendant l'école, ma vilaine pensée était toujours restée dans un coin de ma tête où elle tournait toujours, même si elle m'avait laissée un peu tranquille.

Et voilà, je venais de dire mon troisième mensonge sans être tombée de Choupette, car je n'avais tout simplement pas eu peur de mentir à Daddy quand il avait décidé de s'arrêter au bord de l'étang pour « m'expliquer ».

« Venez, on va s'asseoir au bord de l'étang pour en discuter la petite demoiselle. »

Depuis la fête de la musique, il m'appelait souvent « la petite mademoiselle » en me vouvoyant, juste pour rire évidemment !

Il avait parlé, parlé, avec ses mots, ses phrases à lui et moi j'avais écouté sagement pendant ce temps en regardant les libellules sur l'étang qui volaient dans toutes les directions, sur le côté, même en arrière et faisaient aussi du surplace. Quand il s'était arrêté de parler, il n'y avait qu'une chose que j'avais bien comprise. Je ne savais pas trop pourquoi Mum ne pouvait plus avoir de bébé « après moi », mais ce n'était pas à cause de mon petit frère et de ma petite sœur qu'elle était allée à l'hôpital à Noël. Alors, c'était comme ça, et Daddy avait encore eu sa tête toute plissée de *Shar-Pei* quand il m'avait remise en selle avant de me dire ça : « Mais tu sais, on t'aime fort, très très fort avec maman. » Et ma vilaine pensée, cette « idée toute noire » qui avait tourné si longtemps dans ma tête s'était arrêtée de tourner à cet instant.

J'étais si heureuse de ne plus être en faute, de savoir que Mum n'avait pas eu mal au ventre et la peau jaune à cause de moi. Et après, nous étions revenus à la longère et c'est au moment où j'avais mis pied à terre que le déclic s'était fait dans ma tête.

En vérité, jamais Mum et Daddy ne m'avaient autorisée et encore moins encouragée à mentir depuis que j'étais née ; mes maîtresses et mon maître non plus d'ailleurs. Personne ! Il ne fallait d'ailleurs pas aller chercher bien loin la raison d'un tel interdit. C'était toujours la même :

ce n'était « pas beau », « vilain », « très mal » de mentir. Et si on le faisait quand même, on nous grondait et on risquait la punition. Même Killie ma nouvelle copine de CE1 me l'avait dit un jour à la récréation vers la fin juin. Elle allait au « cathé » et elle savait qu'il ne fallait pas mentir : si on mentait, on allait « en enfer ». Et moi, naturellement, je ne m'en étais pas rendu compte tout de suite, il avait fallu que je mente trois fois pour avoir le déclic, mais tout de même, j'en étais persuadée maintenant. Mum, Daddy, mes maîtresses, mon maître que j'aimais tant, même Dieu, tous ensemble et c'était incroyable cette chose-là, mais ils devaient se tromper… Tout au moins, je ne savais pas si les enfants qui n'étaient pas comme moi ne devaient jamais mentir, mais pour moi c'était différent. Un « vrai » petit ange prodigieux, comme Mum et Daddy en avaient rêvé avec un *h* à la fin de son prénom qui l'enracinait dans l'humanité ne pouvait pas comprendre une chose pareille. Surtout quand les deux *a* d'Adélitah le destinaient à un destin mirifique de grande artiste. Ce n'était donc pas juste, ça ne marchait pas : c'était « de la triche ! »

Parce que moi justement, à chaque fois, j'avais eu besoin de mentir pour essayer de me délivrer de cette vilaine pensée que mon cerveau « de génie » avait malgré tout inventée. Et en mentant, bizarrement, j'avais enfin réussi à m'en libérer.

C'était ça le déclic, cette formidable « trouvaille » que je venais de faire dans Les Choux en observant le vol imprévisible des libellules. Je venais de trouver cette pièce qui manquait au *mode d'emploi* des « vrais » petits anges prodigieux comme moi. Bien sûr que les enfants ne devaient pas mentir, mais les « vrais » petits génies, il fallait tout de même se montrer indulgent lorsque de vilaines pensées que leur cerveau inventait se mettaient à tourner dans leur tête. Ils avaient le droit de dire « des mensonges de libellule ».

C'était le nom que j'avais donné à mon idée lumineuse pour me souvenir de ces mensonges légers, si légers qu'ils « virevoltent » comme ces magnifiques insectes sur un étang. Des mensonges qu'on ne dit pas pour mentir aux autres, pour les blesser, mais juste pour chasser les vilaines pensées qui tournent dans la tête des petits anges prodigieux.

10
Une âme makossa

Les noms que j'avais pris l'habitude d'inventer pour me rappeler des choses importantes qui m'arrivaient dans ma vie de tous les jours m'étaient très utiles ; parce qu'après, je pouvais ne plus y penser en permanence sans qu'elles s'effacent de ma mémoire. C'était un bon moyen de me reposer « les méninges », enfin le cerveau puisque ces deux mots ne faisaient qu'un bien entendu, car ma mémoire n'avait plus à se souvenir « pêle-mêle » de tout ce que je vivais chaque jour de peur d'oublier ces choses importantes.

Et c'est peut-être pour cette raison que j'avais encore beaucoup grandi dans ma tête à la fin de l'été, que j'avais passé à « jouer au dictionnaire » avec Mum et Daddy. J'emmenais partout ce nouveau « sésame » qu'ils avaient sorti de la bibliothèque du salon et je crois que j'avais dû les épuiser ! En tout cas, grâce à lui, et juste avant de retourner à l'école, j'avais fini par trouver ce que je ferais plus tard quand je serais grande.

Aussi, j'avais beau être impatiente d'apprendre à jouer du saxophone pour essayer de rejouer la musique *makossa* de mon prénom qui faisait naturellement partie des grandes choses que je ne pouvais pas oublier, je n'avais pourtant pas envie de devenir une grande saxophoniste comme « Sacré Manu ! »

Non, j'avais juste envie de savoir jouer la musique de mon prénom et tant pis si j'allais décevoir Daddy. Si je devais devenir une grande artiste, maintenant que j'avais les méninges bien reposées, je me rêvais plutôt en « championne » des mensonges de libellule ; juste pour être déjà capable d'apprivoiser ces vilaines pensées, ces « idées noires » que mon cerveau pourrait encore inventer.

Et je me disais que Daddy ne serait pas trop déçu si je devenais une telle championne puisque je serais en quelque sorte une nouvelle *soldadera*, même si elle n'avait plus la cartouchière en croix d'une guerrière et ne portait plus de sombrero. Après tout, j'étais une grande fille et je n'étais pas obligée d'aimer tout ce que les garçons aimaient. Je ne voulais plus faire la guerre à personne pour être « indomptable », « imbattable », mais uniquement aux vilaines pensées. Je désirais simplement pouvoir aider un jour des petits anges prodigieux ; les aider à se défendre contre leurs idées noires en leur soufflant des mensonges de libellule qui leur permettraient de les oublier.

Voilà ! Tout s'était éclairé dans mon esprit. Quand je serais grande, je deviendrais une grande artiste « pacifique », une star mondiale des mensonges de libellule : « la reine » des menteuses !

En vérité, c'était une idée lumineuse un peu « extravagante ». Mais c'était après tout de la faute à Daddy si je rêvais à nouveau follement, si je me laissais emporter, « déborder » par mes émotions toutes rouges, toutes brûlantes ; les mêmes que Mum éprouvait. Il n'aurait jamais dû commencer en me donnant un prénom révolutionnaire qui se terminait par un *h* et tout et tout.

Naturellement, pour ne pas l'oublier, j'avais encore donné un nom à cette drôle d'artiste que je rêvais d'être un jour, je l'avais appelée « Une âme makossa ».

11
L'effet papillon inattendu des idées lumineuses

Après cet été riche en découvertes très importantes, j'avais beaucoup réfléchi et appris encore tant de mots nouveaux grâce au jeu du dictionnaire que Mum en avait été « tout esbaudie ». C'était sa nouvelle expression fétiche qui faisait bien rire Daddy qui adorait ce genre de trouvaille « rococo style ». Lui aussi avait après tout ses expressions fétiches puisqu'ils ne formaient qu'un. Mais il ne fallait rien exagérer et Mum avait eu beau « s'esbaudir », il y avait encore beaucoup de choses que je ne savais pas et je suis bien obligée de dire la vérité à cet endroit de mon histoire. J'ignorais encore complètement ce qu'était « l'effet papillon », même si je savais déjà presque tout sur le vol des libellules.

Et heureusement que bien avant moi un grand scientifique avait eu l'idée lumineuse de donner lui aussi un nom à « ce phénomène fondamental » pour s'en rappeler, sinon je ne saurais toujours pas trop ce que c'est.

« Le battement d'ailes d'un papillon au Brésil peut-il provoquer une tornade au Texas ? »

Mais grâce à ce nom-question « original » qu'il avait trouvé, je pense ne pas trop me tromper si je dis que lorsque j'avais commencé à donner un nom à mes idées « lumineuses » pour m'en souvenir sans me fatiguer les méninges, je ne pouvais pas imaginer « l'effet papillon » que cela allait provoquer dans ma tête. Tous les vilains trous « noirs » qui allaient se glisser dans ma mémoire, car j'allais maintenant ne plus me souvenir que des choses importantes de ma vie et perdre la trace de toutes les autres. Et c'était un peu dommage tout de même.

12
Les petits génies sont-ils des enfants comme les autres ?

C'est vrai que sans cet effet papillon, je n'aurais pas eu ces trous de mémoire à l'aube de mes sept ans. J'aurais pu écrire beaucoup plus de choses sur cette partie de ma vie, après cet été inoubliable. Mais la future star que je rêvais de devenir n'avait pas encore trouvé « le truc » pour gommer ce genre de taches noires qui apparemment se glissent aussi dans la mémoire des petits anges prodigieux ; et même dans celle des plus grands apparemment, car j'étais devenue une grande fille tout de même !

Après l'été, il y avait eu la rentrée des classes. Nouvelle année, nouvelle maîtresse, mais rien n'avait vraiment changé. À l'école, je posais toujours problème.

La nouvelle maîtresse m'avait impressionnée à cause de ses ongles. Elle les avait rouge foncé, presque « grenat », mais très longs, comme je n'en avais jamais vu.

Moins d'un mois après la rentrée bien entendu, elle avait à nouveau convoqué Mum et Daddy. Et comme Daddy était encore absent, c'était toujours pareil ça aussi, Mum avait dû affronter seule une maîtresse « bien ennuyée »… par mon ennui !

C'était la vérité, je m'ennuyais depuis le début de l'année scolaire. Et lorsque la maîtresse s'inquiétait de me voir regarder de longs moments par la fenêtre, je lui disais la vérité parce que je n'avais pas de raison de mentir. Une future reine des menteuses n'était quand même pas obligée de mentir tout le temps ! Et comme la maîtresse s'inquiétait de plus en plus de me voir regarder par la fenêtre à mesure que le mois de la rentrée passait, je lui disais de plus en plus souvent la vérité : j'avais l'impression de « faire du surplace » en classe, comme les libellules dans Les Choux.

« Vous comprenez madame Leenaert, ce n'est pas moi qui le dis, c'est votre fille qui n'arrête pas de me le dire, n'est-ce pas Adélitah ? »

La maîtresse m'avait prise « à témoin » naturellement parce que Mum m'avait emmenée avec elle. Elle n'avait pas voulu me laisser seule à la maison et je crois que c'est parce qu'elle ne formait qu'un avec Daddy. Dès qu'il n'était plus là, elle se sentait un peu perdue.

Bien entendu, Mum avait parfaitement compris tout ce qu'avait dit la maîtresse. C'était simple à comprendre, elle voulait me changer de classe, me « monter » au CE2 pour essayer, pour voir si je m'y ennuierais moins et Mum avait juste à dire « oui ».

« Vous comprenez madame Leenaert, je dis ça pour le bien de votre fille. »

Mais Daddy n'était pas là et Mum n'arrivait pas à se décider. Elle ne pouvait dire qu'une moitié de oui et pour l'autre il fallait qu'elle attende son retour. Et c'est moi qui l'avais aidée à le faire tout de suite en imitant la tête de *Shar-Pei* que faisait Daddy quand il devait me dire des choses qui risquaient de me rendre triste. C'est que j'avais très vite compris qu'en changeant de classe, j'allais me retrouver dans la même classe que ma copine Killie.

Mais quand Daddy était rentré et que Mum lui avait tout raconté, « ça avait bardé » entre eux, c'est Killie qui m'avait appris cette expression : « ça bardait » parfois chez elle. Oui, Daddy était furieux « parce qu'il n'y avait pas de raison » et ce soir-là j'avais enfin su la vérité.

« Adélitah est une enfant normale, comme les autres, et je ne vois pas pourquoi elle sauterait une classe. Ce n'est pas la solution, elle va perdre toutes ses copines ! »

Daddy n'avait pas tout à fait tort, évidemment, ce n'était pas la solution « idéale » et puis il ignorait que j'avais déjà ma nouvelle copine Killie au CE2. Mais je n'oubliais pas que Daddy était comme ça, avec sa pensée *matriochka* très compliquée à comprendre. Et là, je ne comprenais pas. Je n'y arrivais pas. Comment comprendre en effet que bien qu'il ait rêvé avec Mum de mettre au monde un petit ange prodigieux, un petit être « parfait » que même Dieu n'avait pas su créer, je devais malgré tout être une enfant comme les autres, « une enfant normale » ?

Mais bon, ce n'était pas grave, le plus important à ce moment-là était ailleurs puisque j'avais tout de même forcé Mum à dire oui à la maîtresse et maintenant je me sentais coupable de l'avoir fait. Aussi la nouvelle *soldadera* pacifique avait brusquement pris sa défense, car je n'aimais pas quand ça bardait entre Mum et Daddy. J'avais fixé Daddy droit dans les yeux : « Oui, mais Mum a bien fait papa, car la maîtresse a dit que c'était ça ou il faudrait que je passe un test. »

Et Daddy avait guéri « tout à trac » de sa colère noire elle aussi grâce à un mensonge de libellule. C'était ma première « belle victoire » de future star mondiale, car Mum n'avait rien trouvé à redire à cette vérité « incontestable » ! Pour une fois, elle n'avait ni pensé au pédopsychiatre ni pensé que quelque chose devait clocher dans ma tête pour dire de tels mensonges à mon âge, sans « sourciller ». Et Daddy n'avait pu que se montrer fair-play avec elle. Si la maîtresse avait dit ça, il n'y avait plus rien à redire, Mum avait même « très bien fait » en acceptant le passage anticipé.

J'avais bien sûr donné un nom à cette belle victoire, maintenant je savais bien faire et c'est la seule chose vraiment importante dont je me souvienne encore de cette année-là. Et tant pis si je ne m'étais pas retrouvée malgré tout dans la même classe que ma copine Killie. En vérité, il y avait deux classes de CE2 et je n'étais pas tombée dans la bonne. Mais j'avais quitté la cour des « petits » pour celle des « grands » et c'était déjà très bien, j'avais pu partager à nouveau toutes mes récréations avec elle.

13
Un beau plumail iridescent

Après la nouvelle année, l'effet papillon avait mine de rien, « sans crier gare », continué ses « ravages » dans ma tête et je n'avais pu sauver que deux choses importantes dans ma mémoire : « une bonne et une mauvaise nouvelle », pour ainsi dire.

La bonne nouvelle, je devrais dire plutôt une très bonne nouvelle. Et encore, je crois que ce ne serait pas encore assez fort, car je n'avais encore jamais éprouvé un tel bonheur dans ma vie. Mais en même temps, c'était une chose tellement folle, « insensée », que j'avais eu trop peur de réveiller autour de moi le fantôme du pédopsychiatre si je la racontais. En effet, c'était presque… « inimaginable » une histoire pareille.

Agilulfe Edme Bertrandinet des Guildivernes et autres de Carpentras et Syra.

C'était lui !

Mon maître de CP ne m'avait donc pas menti. Il me l'avait promis et la lampe magique de cet Aladin professeur des écoles venait de m'ensorceler ! Mon prince charmant, mon « grand amoureux », parce que c'était lui, se tenait là devant moi, sur son cheval puisqu'il était chevalier ; et pas n'importe lequel, rien moins que *le chevalier de Sélimpie Citérieure et de Fez.*

Comment ne pas « chavirer » d'émotion devant un tel spectacle ? Moi je n'avais pas su, car j'avais beau me moquer gentiment de Mum, je lui ressemblais de plus en plus. Parfois, je devais avoir moi aussi des hormones en pleine action qui me faisaient perdre la tête, au point que j'en avais la chair de poule au moment où le torrent d'émotion m'envahissait tout le corps.

« En réalité », c'était ça, tout venait de se bousculer dans ma tête à cause du gigantesque pas de côté que mon imagination venait de me faire faire sur le chemin de ma vie d'écolière, comme les libellules savent très bien en réaliser en vol. J'avais la chair de poule, je ne savais plus où j'étais ni comment je m'appelais, mon âge, si j'avais encore les pieds sur terre ou pas. Ce pas de côté m'avait vraiment mis la tête sens dessus dessous et j'avais perdu tous mes repères. Je venais de basculer dans un autre monde où je voyais Charlemagne. C'était bien lui, « l'empereur à la barbe fleurie », *sous les murs rouges de Paris qui passait en revue les paladins de l'armée de France, un alignement imperturbable de chevaliers dont l'armure les maintenait bien cambrés sur leurs selles, tous pareils.* Enfin presque, tous pareils sauf l'un d'eux, *Agilulfe Edme Bertrandinet des Guildivernes, le seul si soigneux de sa mise qui portait une armure toute blanche immaculée, impeccable sans la moindre éraflure et un panache diapré à la cime du casque.*

Alors je n'étais pas encore une grande artiste, mais j'étais déjà assez grande pour savoir que je venais de rencontrer avec un peu d'avance pour mon âge mon grand amoureux. Et pas n'importe lequel. Le plus incroyable des princes charmants qui puisse exister à cause d'une « cerise sur le gâteau », je venais d'apprendre cette « métaphore pâtissière » dans mon dictionnaire : c'était en vérité *un chevalier inexistant.* Oui, tout à fait, je ne mens pas, pas du tout, parce que c'était écrit et que je savais déjà très bien lire. Quand Charlemagne lui avait demandé de relever sa visière pour voir son visage et que le chevalier avait *d'une main sûre, mais lente relevé sa visière...* Eh bien le roi, tout Charlemagne qu'il était, *monté sur un cheval plus grand que nature et sa barbe étalée sur sa poitrine,* il n'avait rien vu : *le heaume était vide* !!!

Un prince inexistant ! Un beau « chevalier blanc » dans son armure immaculée. Si j'avais pu imaginer que j'allais le rencontrer juste après « Sacré Manu ! » et qu'il allait me suffire de quelques instants. Juste le temps pour moi de lire en cachette, de « dérober » les premières pages d'un livre que Daddy avait laissé traîner à la maison sur son bureau pour tomber « éperdument amoureuse ». Et je m'étais dépêchée de regarder le nom de l'auteur sur la couverture du petit livre : *Italo Calvino*.

Avec lui, j'en étais sûre maintenant, je serais « à bonne école » pour apprendre à mentir « sagement » à dire les plus beaux mensonges de libellule.

Sans doute la plus prestigieuse des écoles pour devenir la grande artiste que mon maître avait « devinée » dans mon prénom. Et puisque c'était devenu une habitude, je le faisais maintenant presque sans y penser, j'avais encore donné un nom à cette émotion « inexprimable » que j'avais éprouvée tout au début de ma huitième année, afin de ne pas l'oublier bien entendu.

14
Le requiem de Fauré

Une fois redescendue sur terre après cette évasion romanesque « éclair », j'en avais encore les poils tout hérissés et je n'avais pas pu m'empêcher de mettre ma meilleure copine dans le secret en lui révélant le prénom *charming* de mon chevalier blanc. Je commençais à apprendre l'anglais en cachette parce que ma copine Killie m'avait dit que les « british » étaient fair-play. Et voilà, j'avais déjà oublié qu'être amoureuse d'un tel chevalier n'était pas si facile à vivre et que je ne devais surtout pas en parler.

Killie avait naturellement laissé éclater toute sa sincérité. Elle m'avait ri au nez tout simplement ! Comment aurait-elle pu faire autrement ? C'est pour ça que je l'aimais bien, elle était « trop » sincère. Et rien qu'aux yeux ronds qu'elle m'avait faits quand je lui avais dit que j'avais lu tout ça dans un livre de Daddy, j'avais bien compris qu'elle devait le trouver lui aussi « un peu maboul » pour lire des histoires pareilles.

C'était à peu près le seul inconvénient quand on ne formait qu'un avec un prince charmant « très original » – un paladin portant *une armure toute blanche immaculée et un beau plumail iridescent à la cime du casque*. On ne pouvait en parler à personne !

Mais il n'y avait pas que cet inconvénient et l'avantage que j'en avais retiré avait été beaucoup plus important. En effet, je m'étais sentie très vite beaucoup plus « téméraire » dès que j'imaginais la présence invisible de sa main dans la mienne au moment où il me fallait inventer des mensonges de libellule. Et c'est en pensant très fort à lui que j'avais affronté la mauvaise nouvelle, le jour où le Président François avait fini par mourir.

C'était la toute première fois de ma vie que j'avais vu Mum pleurer devant la télé. Et j'avais beau être « bien née », être un petit ange prodigieux déjà grand tout de même, un Génie incarné, je crois que si je n'avais pas fait qu'un avec *Agilulfe Edme Bertrandinet des Guildivernes*, je n'aurais pas survécu ce jour-là.

Mum était inconsolable et Daddy était encore absent. Même s'il fallait le comprendre, il ne pouvait pas savoir que le Président François allait mourir ce lundi-là. Et moi qui n'étais pas encore la reine des menteuses, j'étais restée avec Mum, impuissante, incapable d'inventer le moindre mensonge virevoltant capable de guérir l'inavouable tristesse qui venait de l'envahir, une douleur si vive, une douleur « noire ».

... Pour un jour la France avait deux capitales, Jarnac et Paris où à l'exception du Président américain Bill Clinton représenté par..., tous les grands chefs d'État étaient présents pour un hommage solennel dans la cathédrale Notre-Dame de Paris..., tous unis dans un ultime adieu...

Une douleur qu'elle ne pouvait plus retenir et qui débordait de ses yeux, des larmes qui s'étaient mises à couler dès les premières images et les premiers mots du journal télévisé. Et moi j'avais commencé ma « litanie », car je voyais bien que si je ne faisais rien elle allait finir par se noyer complètement dans sa douleur.

« On éteint la télé maman ? On éteint la télé ? »

Mais elle ne répondait pas.

... Le cadre grandiose de Notre-Dame de Paris n'empêche pas l'émotion des grands de ce monde... tous unis dans un ultime adieu... le cardinal Lustiger va mélanger ses mots à ceux prononcés par François Mitterrand, car le verbe ne meurt pas...

« Pourquoi le verbe il ne meurt pas ? On éteint la télé maman ? »

Mais elle ne répondait toujours pas, ses larmes continuaient à couler et je ne pouvais plus attendre. Je n'aimais pas du tout voir Mum pleurer et j'avais pris la télécommande qu'elle avait posée à côté d'elle sur le canapé rouge.

... Pourquoi vivons-nous ces temps de sécheresse spirituelle où les hommes pressés d'exister paraissent éluder le mystère ? ... La voix de Barbara Hendricks...

« Elle chante quoi Barbara Hendricks ?

— Le requiem de Fauré, chut, écoute. »

Mais non, je ne pouvais plus écouter. Mum pleurait toujours, je voulais que ça s'arrête et j'avais soudain appuyé sur le bouton de la télécommande.

« On ne fait pas ça Adélitah ! »

Mum avait presque crié et sa voix était si étrange, peut-être à cause du *On*, je ne sais pas. Je m'en souviens « comme si c'était hier », comme si tout à coup je n'étais plus son trésor, sa grande fille adorée, mais qu'elle s'adressait à quelqu'un d'autre que moi. Et je m'étais sentie soudain abandonnée au milieu d'une forêt immense, seule au monde, comme dans les contes pour enfants. C'était tout à fait ça, j'étais redevenue une toute petite fille, je n'avais plus de maman et je ne la retrouverais jamais. Et si à ce moment-là je n'avais pas pu serrer très fort la main de mon prince inexistant, de mon chevalier blanc, je serais vraiment morte de peur ; et « fait exprès » le jour où la France avait eu deux capitales, où elle avait accueilli soixante chefs d'État et où Barbara Hendricks avait chanté à Notre-Dame.

J'avais bien écouté tout de même.

15
C'était trop beau

Et après ? Après, il y avait eu l'écran noir de la télé et une grosse tache d'encre avait encore dû tomber dans ma mémoire. Toujours cet effet papillon que j'ignorais encore, car je ne me souviens plus vraiment de ce qui s'était passé juste après. Oh ! je suis sûre que Mum avait dû se dépêcher de me prendre dans ses bras pour me couvrir de petits papillons rouges un peu mouillés tout en s'excusant, en me demandant pardon ; en me suppliant de lui pardonner, car elle ne voulait pas du tout me gronder en vérité.

Mais ce n'est pas grave si Mum ne s'était pas excusée et avait rallumé la télé pour bien me montrer que non, « On ne faisait pas ça ou je n'étais plus sa fille ! » Et peut-être que je ne lui avais pas pardonné non plus, pas tout à fait, pourquoi pas ? J'avais pu me montrer rancunière, la plus rancunière des grandes filles de mon âge et une poussière noire de haine avait pu commencer à tourner dans ma tête.

Non, ce n'est vraiment pas grave parce que, lui pardonner, j'aurais fini par le faire de toute façon le jour de la rentrée scolaire suivante pour une raison toute simple. Ce jour-là, j'aurais pardonné à toutes les mamans du monde, « à la terre entière » à cause de Killie. On avait fini par se trouver dans la même classe et c'était trop beau !

C'était comme si nous nous étions mises dos à dos à l'opposé de la terre avant de nous mettre à marcher droit devant nous. Et voilà, nous venions de nous revoir à l'autre bout de la terre après tout ce temps – une éternité ! Alors c'était obligé, nous nous étions jetées dans les bras l'une de l'autre en dansant, de vraies « gamines » de maternelle qui avaient oublié que c'était la rentrée scolaire. Et la nouvelle maîtresse nous avait rapidement calmées.

« Hé, les grandes, on se met en rang en silence, les vacances sont finies. »

Elle nous avait dit ça, comment dire, avec un mélange de fermeté et de familiarité. On aurait dit que nous étions ses propres filles qu'elle savait un peu turbulentes. Et j'avais aimé tout de suite notre nouvelle maîtresse. Elle ressemblait à Juliette Gréco dont la photo était presque sur tous les disques à la maison. Elle avait cette manière de se coiffer avec une frange, un peu plus marquée, mais surtout elle était habillée tout en noir. Elle devait aimer cette couleur, comme Barbara.

16
Un jugement de Salomon

À peine entrées dans la classe évidemment, nous nous étions précipitées pour nous asseoir l'une à côté de l'autre. Et lorsque la maîtresse avait fait l'appel, elle nous avait vues tout au fond, au dernier rang, et nous avait jeté un regard « enjoué ». On aurait vraiment dit qu'elle se revoyait à la même place dans sa jeunesse et qu'elle nous enviait presque – ça s'appelle « la nostalgie », je crois. Puis elle avait continué l'appel en commençant à écrire la date au tableau.

Et ce regard à la fois enjoué et nostalgique que la maîtresse avait posé sur nous avait suffi à faire grossir en moi une sensation que je n'avais encore jamais éprouvée depuis que j'étais entrée à la grande école. L'impression, comment dire, que j'y avais enfin trouvé ma place, que j'y étais à l'abri de tout danger et que je ne m'y ennuierais plus.

Très vite, j'avais imaginé que nous étions, Killie et moi, deux jeunes « pies bavardes » dans le nid douillet de notre classe ; tout au sommet d'un grand cèdre majestueux bien à l'abri des « prédateurs ». Et même du plus rusé d'entre eux. *Un fieffé goupil* qui en aurait été réduit, s'il avait désiré nous manger, à tirer une langue *d'une aune* sinon à courir *mille morts* ; et à rentrer le soir affamé et *rompu* de fatigue dans sa tanière de *Malpertuis*...

C'est que dès les premiers jours de la rentrée la maîtresse avait plongé la classe tout entière dans le *Roman de Renart*. Un livre qui regorgeait d'expressions et de mots « surannés » appartenant sans doute à la langue parlée du Moyen Âge ; et mon imagination s'était aussitôt enflammée.

J'avais découvert avec une joie non *feinte* les aventures de cet indomptable animal, une sorte de *soldadera* « au masculin » du Moyen Âge qui n'arrêtait pas de jouer des tours *de male mort* à *Messire du Fresne* et à ses chiens, *écuyers* et *gens d'armes*. Y avait-il encore meilleure école, après celle de *sieur* Calvino où j'avais rencontré mon grand amoureux *Agilulfe Edme Bertrandinet des Guildivernes* ? Y avait-il meilleure classe que celle de notre maîtresse qui ressemblait à Juliette Gréco pour y apprendre à imaginer les plus *roués* des mensonges de libellule capables de triompher, à l'image de Maître Renart, des idées les plus noires ?

Et ce n'était pas là l'unique ruse de la maîtresse pour nous inciter à travailler *ventre à terre*. Il y avait encore une fois par mois les « Olympiades de l'OuLiPo » durant le second trimestre. Un drôle de jeu qui se jouait « en doublette », la maîtresse ne voulant jamais nous laisser seules devant les lignes blanches de notre cahier de « production de textes ». Il fallait écrire dix lignes en appliquant une règle d'écriture tout à fait « fantaisiste » qu'elle nous donnait, il n'y avait pas d'autre mot. Et nous nous étions beaucoup amusées avec Killie le jour de la dernière olympiade. Il fallait toujours écrire une dizaine de lignes, mais en inventant cette fois notre propre règle d'écriture ; et nous avions décidé d'écrire carrément « sans consonnes ni voyelles ».

C'était mon idée et Killie m'avait tout de suite soufflé que ce n'était pas possible. Si on n'écrivait rien, on risquait d'être « hors-jeu », sinon punies. Mais elle avait fini par accepter, car j'étais sa meilleure copine. Et sans doute avait-elle comme moi aussi envie de « désobéir » parfois, pour rire !

Nous avions attendu que beaucoup de nos camarades aient rendu leur production de textes avant de rendre la nôtre en la cachant sous les autres feuilles. Et à notre grand étonnement, nous n'avions été ni punies ni déclarées « hors-jeu ». La maîtresse avait « rendu un jugement de Salomon » – une bien « sage » histoire que celle de ce roi qui n'avait pas eu moins de « sept cents épouses ». C'est ce qu'elle avait dit en tout cas devant toute la classe parce qu'elle avait « oublié » en effet de préciser dans la règle du jeu qu'il était interdit de choisir celle qui permettait de ne rien écrire du tout ! Elle avait par conséquent classé « hors catégorie » notre petite bande dessinée, laquelle représentait le cycle des saisons sous forme de quatre petits dessins dans les dix lignes réglementaires. Toutes les autres productions de textes avaient été « ex-æquo » et je m'étais dit que la maîtresse était en vérité très « maline ». Elle avait beau ne pas avoir de queue de cheval ressemblant à une queue de renard, elle savait elle aussi comment faire pour que tout soit magique dans la classe. Fallait-il qu'elle fût aussi rusée – sans mentir – que ce *rouquin, ce puant, ce pendard, ce mécréant* de Renart qui avait *le diable au corps* !

17
Le coup de Jarnac

Pendant tout le temps hélas où je m'étais bien amusée à l'école avec Killie, Daddy avait eu beaucoup moins de chance à la maison. Il n'en avait même eu pas du tout puisque Mum était devenue « neurasthénique ». C'est le vieux médecin qu'il avait fait venir qui l'avait dit. C'était un spécialiste qui avait « beaucoup d'expérience » d'après lui et qui savait bien soigner cette maladie.

Mum avait dû pleurer longtemps devant la télé après la mort du Président François à cause de son immense tristesse qui n'en finissait pas de déborder. Et après, il devait être arrivé ce qui arrivait aux casseroles de lait que Daddy laissait déborder sur le gaz. C'est vrai qu'il restait moins de lait dans la casserole une fois qu'il avait débordé, mais il en restait toujours quand même. Et ce devait être pareil avec une immense tristesse. Celle-ci avait beau déborder, il devait tout de même en rester beaucoup dans la tête. Et dans ce cas, on devenait neurasthénique, comme Mum l'était devenue.

Et moi, j'avais dû ennuyer Daddy bien entendu à la manière d'un disque rayé, en lui posant toujours la même question. Je voulais savoir ce qu'était la neurasthénie, une bien étrange maladie.

Et Daddy avait dû être bien embêté par ma question, comme si lui non plus ne savait pas quel sens donner à un mot pareil.

« C'est quand on n'a plus l'appétit de vivre, enfin c'est compliqué, tu sais.

— Et alors ?

— On est si fatigué qu'on ne dort plus, tu vois. »

Mais j'étais ennuyée parce que je ne voyais rien justement. Si Mum était très fatiguée, elle aurait dû « tomber de sommeil », or elle ne dormait plus. Et j'avais sans doute dû insister, jusqu'à ce que Daddy abatte sa dernière carte.

« Et du coup, tu vois, c'est comme une voiture en panne d'essence, elle n'avance plus ! »

Arrivé là, il avait dû se passer longuement la main sur le front en fermant les yeux, fier de sa métaphore mécanique. Et j'avais dû finalement renoncer, arrêter de lui poser des questions de peur tout à coup qu'il ne devienne neurasthénique lui aussi, qu'il tombe en panne à cause de mes questions.

Et après le pauvre Daddy avait dû chercher à distraire Mum avec sa ruse habituelle, chercher quel tour de magie, quelle évasion pourrait lui permettre d'oublier son humeur noire. Il devait déjà savoir qu'elle ne se raisonnait pas plus que ses peurs, ses angoisses ou ses hormones en pleine action. Il commençait à avoir vraiment l'habitude et avec une infinie prudence, il avait dû lui proposer des destinations connues, « des valeurs sûres » qu'elle avait déjà aimées.

« Les Choux et le jardin d'Eden ?

Non !

La promenade des Anglais où elle ressemblait à Ursula Andress ?

Non !

Même pas New York en Concorde ? Et c'était promis, nous irions au "Carnegie Hall" !

Mais non ! »

Mum avait dû répondre toujours *non* parce qu'elle n'y pouvait rien. C'était à cause de la perte d'appétit de vivre dont Daddy avait parlé, mais sans comprendre ce que cela voulait dire « en réalité ».

Et peut-être qu'une nouvelle fois, vaincu à son tour par cette « satanée » neurasthénie qui faisait dire toujours *non* à Mum, Daddy m'avait jeté des petits regards furtifs ; sans savoir que le petit bout de femme de ses rêves, l'indomptable Adélitah avait hélas déposé les armes, rendu sa cartouchière en croix. Pas plus qu'il ne pouvait savoir si sa nouvelle héroïne *si pacifique* avec ses mensonges de libellule ne se mentait pas déjà à elle-même avec une *feinte* « naïveté » si touchante. Elle qui croyait n'avoir qu'une toute petite rancune à l'égard de sa *pendarde* de mère, une toute petite dent de lait contre elle pouvait en réalité lui vouer une haine féroce qui tournait dans sa tête depuis que le Président François était mort...

Une haine si féroce que la future reine des menteuses devait bien se moquer en vérité de la nouvelle maladie de cette passionnée d'égyptologie qui avait été sa mère adorée, mais qui ne l'était plus parce qu'elle l'avait « trahie ». Elle lui avait volé sa part d'affection « vitale », pour l'offrir d'ailleurs bien inutilement à un « amant » qui n'en valait vraiment plus la peine puisqu'il était déjà « passé de vie à trépas ». Ce qu'elle ne devait pas pouvoir lui pardonner, car c'était trop injuste, trop bête : lui avoir fait du mal « pour rien », « gratuitement ». C'était là avoir atteint « le comble » du mal. Il ne pouvait pas y avoir pire et son trésor, sa désormais grande fille saurait s'en souvenir très facilement en nommant cet épisode le plus malheureux de sa vie. Ce comble du mal avait un nom tout trouvé, celui du pays d'enfance si cher au Président François. Ce mauvais coup du sort ne pouvait être qu'un coup de... Jarnac, car c'était un peu de sa faute tout ça, il n'aurait jamais dû mourir ce jour-là !

18
Quand Daddy avait dit « Mignonne allons voir »

En vérité, c'est fou tout ce qu'il peut se passer dans la tête d'une enfant qui n'a pourtant pas encore huit ans, dans laquelle tout risque de prendre des proportions démesurées pour peu que cette enfant soit à la fois hypersensible et douée d'une imagination illimitée. Une écolière capable de « transmuter » une simple rancune bien inoffensive en une haine éternelle à force de la ruminer, la plus diabolique des humeurs noires.

Mais Dieu merci, il y avait eu ce vieux médecin qui avait beaucoup d'expérience et qui savait bien soigner les neurasthéniques. Et Mum allait échapper sur le fil au châtiment « exemplaire » que mes méninges « en pleine action » lui avaient peut-être réservé : mourir à petit feu, rien que ça !

C'est vrai qu'au fil des mois, si Mum allait encore à son bureau pour y tracer quelques plans, elle rentrait le soir épuisée, « essorée », c'était son mot de circonstance. Aussi n'avait-elle même plus la force de regarder la télé avec Daddy dans le salon, quand il était là évidemment, et c'était un signe fort. La vengeance que mon imagination avait pu faire germer dans ma tête était en train de se réaliser à merveille. Sans compter que la manie de Mum de dire toujours non à son « chéri », ce réflexe d'oursonne mal léchée qui consistait à ne plus vouloir sortir de sa tanière était une preuve supplémentaire incontestable. Cette fois, Mum ne s'en sortirait pas, comme le Président François, parce que la neurasthénie n'était pas un mal de ventre causé par un excès de calcul dont on pouvait guérir si on s'arrêtait de calculer : elle était en train de la tuer pour de bon.

Mais voilà, il avait fallu que ce vieux docteur soit arrivé comme par miracle à la maison. Qu'il ait aussitôt forcé sans retenue sur la dose des médicaments qui avaient « assommé » Mum sur le coup et pendant si longtemps, plus d'un an, mais qui – hélas – ne l'avaient pas encore... tuée.

Et les vacances de Pâques avaient fini par apporter la preuve aussi parfumée qu'inattendue de cette redoutable capacité de survie de Mum.

Après plus d'un an d'une vie « casanière », il avait fallu que Daddy, tel un prince charmant réveillant sa bien-aimée d'un baiser, lui propose enfin une visite « inédite » au château de Talcy. Un haut lieu qui avait sans doute inspiré au poète « Ronsard » ses plus beaux vers à Cassandre, *sa mie*, la grande amoureuse de sa vie. Des vers que la maîtresse nous avait fait apprendre et que Daddy avait naturellement récités à sa petite chérie :

Mignonne allons voir si la rose
Qui ce matin avoit desclose
Sa robe de pourpre au soleil...

Et l'impensable s'était réalisé.

« Des vers impérissables ! »

Mum avait soudain ouvert la bouche.

Un miracle avait eu lieu ou le vieux docteur avait après tout très bien fait son travail. Mais j'avais bien été obligée de l'admettre : elle venait de ressusciter !

Daddy avait été tout excité par cette guérison printanière. Décidément, après Les Choux, le printemps semblait lui réussir, et il nous avait entraînées dès le lendemain à la découverte de ce château poétique qui allait lui rendre « sa mignonne au teint de rose ». Moi, je n'en avais gardé que le souvenir moins romantique d'un énorme pigeonnier circulaire qui pouvait abriter trois mille pigeons, dont la fiente était utilisée « en son temps » comme engrais naturel.

19
La mue imaginale d'Ursula

Après tout avait recommencé comme avant, enfin presque. D'ailleurs, Daddy le disait parfois : « L'Histoire se répète souvent parce que l'humanité a besoin de repères ! »

Aussi Daddy s'était dévoué pour la bonne cause. Il avait continué comme avant et Mum le lui avait aussitôt fait remarquer, ce qui prouvait qu'elle était en bonne voie de guérison : « Mais quand est-ce que tu vas apprendre à ranger tes affaires, chéri, il y en a de partout et j'ai beau le répéter, je me demande quand est-ce que tu vas changer ! »

Elle semblait vraiment avoir repris « du poil de la bête », il n'y avait pas à dire et Daddy semblait égal à lui-même en bon gardien des repères.

Moi aussi j'avais emboîté le pas à Daddy et recommencé comme avant. Et c'était normal parce qu'avant ma vie était merveilleuse. Depuis le début de l'année scolaire, j'étais sur un petit nuage avec Killie dans ma classe et je ne voyais pas l'intérêt de changer ce genre de repère « historique ».

Il n'y avait que pour Mum que l'Histoire ne semblait pas vouloir se répéter. Bien sûr, elle avait avancé « à pas feutrés » sur le chemin de son évasion rocambolesque. Elle avait commencé par ramener un disque d'Anne Sylvestre de sa première sortie « magasins en ville » et l'avait écouté en boucle dans le salon, sitôt rentrée de son travail qu'elle avait repris, disait-elle, « à mi-temps ».

... Si mon âme en partant ne peut, dans ses bagages
Emporter la douceur d'une soirée de mai
S'il lui faut oublier qu'existèrent jamais
Les algues, les cailloux ramassés sur les plages...

C'est vrai que je n'avais encore jamais entendu cette chanteuse à la maison, mais je trouvais qu'elle se « mariait » bien avec Barbara et Juliette Gréco. Et ça, c'était le côté « comme avant » de Mum, mais il ne fallait pas s'y fier. Elle semblait justement avoir profité de son long sommeil neurasthénique, un peu comme si celui-ci avait été une sorte de chrysalide pour préparer sa lente mue définitive, sa mue « imaginale » – quel mot délicieux trouvé dans mon dictionnaire ! Une mue qui lui donnerait enfin des ailes pour voler. Mais après la longue écoute d'Anne Sylvestre, il y avait eu une seconde sortie « magasins en ville ». Mum ne semblait en avoir ramené que quatre petites choses, un film pour Daddy, une boîte d'anches et un livre pour moi, sans oublier un nouveau disque pour elle, un disque « mystère » qu'elle avait aussitôt fait disparaître parmi ceux du salon. Et après Daddy avait naturellement regardé *Pretty Woman* dans le salon pour lui faire plaisir. Et là, j'avais commencé à pressentir la mue imaginale de Mum, car les musiques du film n'avaient plus rien à voir avec... *Le parfum de la terre après les giboulées Ou celui d'une ville au bitume lavé*... bref, les ballades d'Anne Sylvestre. Pour le coup, c'était Mum qui faisait « la révolution » dans la maison et j'étais maintenant impatiente de voir quelle *soldadera* « papillon » allait sortir de sa chrysalide.

Puis il y avait eu la sortie « coiffeur » dont Mum était revenue aussi frisée que l'héroïne du film et cette nouvelle coiffure avait eu un drôle d'effet sur Daddy. Il avait été tout « esbaudi » à la vue de tous ces tire-bouchons en désordre qui avaient remplacé les cheveux longs « baguettes de tambour ». C'est que, jusque-là, Mum avait toujours passé son temps à les défriser devant le miroir de la salle bain au cours de séances « sèche-cheveux » interminables.

Mais le *must* tout de même avait été l'essor final de Mum la semaine suivante quand Daddy et moi avions brusquement baigné dans une ambiance sonore des plus inattendues en rentrant à la maison. Le disque mystère de Mum en était la cause « détonante » : *Anamorphosée* de Mylène Farmer. On était très loin du registre musical de Mum pour ne pas dire à des années-lumière. Et lorsque nous étions tombés nez à nez avec le sosie de la pétillante Julia Roberts du film assise sur le canapé rouge du salon dans une tenue vestimentaire qui avait immédiatement fait fondre Daddy, nous avions bien été obligés de nous rendre à l'évidence. Nous étions dans une autre galaxie tout à coup ! Il faut dire que Mum était absolument « bluffante » dans une tenue plutôt « sexy » à cause de la longueur de sa jupe qui avait bien rétréci tout de même, mais sans être trop provocante. Un peu comme si elle avait porté une tenue de tennis très « sportswear ». Et autant Daddy que moi aurions pu « anticiper », nous y attendre. C'est vrai qu'avec toutes ses séances sèche-cheveux que Mum avait passées dans la salle de bain à souffler autant d'air chaud sur sa tête, ça devait bien arriver un jour ou l'autre : Mum était devenue une femme dans le vent ! Et au moment où elle avait défié Daddy d'un regard aimanté, lui s'était laissé attirer naturellement, car il semblait encore plus excité que le jour où elle était revenue de chez le coiffeur.

Et après, je crois bien que si Mum avait pu encore avoir des bébés après moi pendant ces vacances de Pâques, elle aurait avec Daddy commandé le soir même au père Noël, et même un peu avant, mon petit frère et ma petite sœur. Sans oublier que Daddy n'avait plus de raison de comparer la beauté de Mum à celle d'Ursula dans Docteur No. Il pouvait dire maintenant sans mentir qu'elle ressemblait « en sa verte nouveauté » à la divine Julia Roberts dans *Pretty Woman*. Au moins, ses références au septième art ne sentiraient plus la naphtaline et se teinteraient de poésie grâce à Ronsard.

20
Parfum d'Humour

L'envol décoiffant de Mum avait naturellement pris de court Daddy qui, lui, était resté fidèle à son style croque-mort. Sans doute dans un souci louable historique, bien entendu, afin que l'humanité ne perde pas ses repères. Enfin l'humanité, disons lui et moi ! Et l'effet produit était plutôt « baroque » et même un peu comique. C'est vrai que lorsqu'ils marchaient maintenant côte à côte, jamais personne n'aurait pu imaginer qu'ils ne formaient qu'un en vérité. Mais Daddy avait dû peser le pour et le contre et risquer d'être un peu comique du moment que Mum n'était plus neurasthénique. Et s'il m'avait demandé mon avis, j'aurais été d'accord avec lui. L'essentiel, c'était la joie de vivre que Mum dégageait depuis qu'elle écoutait Mylène Farmer en laissant ses cheveux tire-bouchonner librement et ses belles jambes mises à nu « émoustiller » Daddy. Et cette bonne humeur décoiffée, toute frisée, c'était le nouveau parfum que Mum « exhalait », le parfum d'une rose comment dire… la plus mignonne du monde !

« Parfum d'Amour ? »

J'hésitais, car il y manquait la touche comique du couple que Mum formait désormais avec Daddy.

« Parfum d'humour alors ? »

Enfin presque, il manquait une majuscule sur un mot.

« Parfum d'Humour ? C'est ça ? »

C'était ça !

21
L'innocence du bouton d'or

Et ce qui devait arriver était arrivé naturellement parce que le parfum d'Humour produit lui aussi son petit effet sur l'humanité. Et quel effet ! Un effet opposé à celui de son « antonyme » *papillon* parce qu'il ne cause pas de cataclysmes à l'autre bout de la planète. Il y réalise au contraire un petit exploit tout à fait remarquable : il aide tout simplement les beaux esprits à se rencontrer. Dire que le parfum « pyramidal » de Mum avait eu ce prodige-là, celui d'aller chercher le bel esprit de Daddy qui se nichait au fin fond de sa tête. Et vu son langage de martien quelquefois, on peut imaginer sans peine que le parfum de Mum était allé le chercher beaucoup plus loin que la terre. Et quand il l'avait trouvé, « sa note de cœur » avait réalisé l'exploit d'unir ce bel esprit *matriochka-papyrus* au sien tout aussi beau quand on savait apprécier « sa note de fond » entêtante, lourde d'émotion, pour n'en former plus qu'un. Et de cette union sacrée de beaux esprits était née une idée lumineuse – si généreuse : « Tu pourrais demander à ta copine Killie de venir en vacances dans Les Choux avec toi pour faire du poney ensemble ? »

Nous étions au début des grandes vacances et ils venaient de me dire ça en même temps Mum et Daddy. Ce qui avait d'ailleurs valu à Daddy une drôle de réflexion qu'il avait dite en buvant sa « mignonne » des yeux : « Tu m'as enlevé l'eau de la bouche petite chérie. »

Savoir maintenant si au début de l'été Daddy mourrait de soif à cause du parfum « sensuel » inédit de Mum qui vous mettait le diable au corps, c'est difficile à dire. Mais une chose est sûre en tout cas, très vite je m'étais retrouvée sur ma ponette Choupette pendant que Killie chevauchait vaillamment Tournesol.

Et bientôt toutes les deux en maillot de bain au bord de l'étang aux libellules à parler de tout un tas de choses les plus sérieuses du monde pour notre âge.

Killie avait voulu savoir si j'avais déjà une idée, si je savais déjà ce que je voulais faire quand je serais grande. Je m'en souviens, car c'était la première question qu'elle m'avait posée. Et j'avais répondu que je ne savais pas encore parce que je ne me voyais pas lui dire que mon vœu le plus cher était de devenir la reine des menteuses.

Puis nous avions parlé de plein d'autres choses et pourquoi pas, sans crier gare, nous avions été curieuses de savoir, surtout Killie, comment nos parents appelaient notre… « tu vois de quoi je parle ». Enfin, nous nous comprenions. Et je lui avais dit bien sûr la vérité, je n'allais pas mentir à ma meilleure copine, une vérité toute simple à dire. Mum avait très vite appelé par son nom cette partie de « mon appareil génital », c'était comme ça. Elle le disait souvent à Daddy quand il partait dans ses raisonnements compliqués qu'elle ne comprenait plus : « Il faut savoir nommer les choses simplement par leur nom. »

Killie, ça l'avait une nouvelle fois fait éclater de rire cette façon d'appeler les choses par leur nom. Sans doute à cause de sa sincérité légendaire. Elle ne comprenait pas ce que je lui disais, c'était normal, puisque sa mère lui avait toujours dit que c'était son « innocence ». Et dans la seconde elle s'était relevée d'un bond et s'était plantée devant moi, jambes écartées au-dessus des miennes avant de s'exclamer : « Tu veux la voir ? »

Puis sans attendre ma réponse, elle avait baissé sa culotte avant de la remonter rapidement en disant : « Maman dit qu'il faut la montrer à personne, mais tu es ma meilleure copine toi ! » Et les yeux, parfois, c'est curieux, ils remarquent de toutes petites choses au lieu de voir ce qu'on leur demande de voir. Et Killie avait dû lire dans les miens parce qu'elle m'avait tout de suite avoué que c'était un petit grain de beauté qu'elle avait comme sa mère.

Killie, elle était comme ça. Si spontanée. Elle ressemblait à Mum quand elle m'emmenait chez le docteur et qu'elle lui racontait toute sa vie.

Et après nous avions discuté de beaucoup d'autres choses puis, tout à coup, nous nous étions surprises à jouer à un drôle de jeu. C'était à celle qui trouverait la meilleure preuve d'amitié qu'elle pourrait offrir à l'autre, persuadées que nous étions d'être les meilleures amies du monde.

Mais il fallait le prouver ce jour-là, au bord de l'étang, sous un soleil de plomb, parce que nous voulions bronzer comme nos parents quand ils se trouvaient au bord de l'eau en maillot de bain. Et soudain, Killie m'avait demandé de fermer les yeux bien fort, je ne devais pas tricher. Et lorsque j'avais senti qu'elle me baissait la culotte, j'avais frissonné. Puis j'avais senti qu'elle était en train de me planter de petites choses un peu fraîches dans les lèvres de ma « vulve », et là je le lui avais dit, même si c'était ma meilleure amie : « Tu me fais pas mal, hein, tu me jures !

— Je jure ! »

Je n'avais donc pas insisté. Et lorsque Killie m'avait enfin annoncé que je pouvais rouvrir les yeux, j'avais été éblouie.

Elle avait délicatement « semé » dans mes petites lèvres, mon « innocence », des fleurs de bouton d'or.

Elle avait gagné !

J'avais été « littéralement bluffée », je devrais dire bouleversée par ce petit chef-d'œuvre qui traduisait à merveille sa spontanéité, sa belle sincérité qu'elle venait de m'offrir en gage d'amitié. Et moi, je ne savais plus quelle preuve aussi belle lui apporter avec des mots. Je lui avais débité dans l'urgence le comble de ce que pouvait dire une grande fille qui se rêvait en grande artiste, en star mondiale, en « orfèvre » des mensonges de libellule. Je lui avais donné ma parole :

« Eh bien moi, si tu veux savoir, je ne te mentirai jamais, c'est promis. »

Mais je devais être trop émue à cet instant pour trouver la force de lui crier cette vérité toute nue. Et je ne suis pas sûre qu'elle l'avait entendue puisqu'elle était déjà en train de remettre ses sandales pour courir après moi, car c'était « à la première qui arriverait au grand chêne pédonculé » pour y faire un vœu porte-bonheur.

22
Un pigeonnier pour tenir parole

Le dernier jour dans Les Choux avait été pénible pour moi, car je n'arrivais pas à réaliser que tout était fini. Que nous allions quitter un endroit merveilleux, un jardin d'Eden, Mum avait bien raison, où j'avais passé les plus belles vacances de ma vie grâce à Killie. Oui, j'avais eu ce petit pincement au cœur, une pointe de nostalgie que j'avais déjà devinée chez ma maîtresse de CM1, mais que je n'avais encore jamais éprouvée de cette manière « aigre-douce ». Une tristesse qui m'avait fait bizarrement pressentir que ce que nous venions de vivre de merveilleux ne se reproduirait jamais plus.

Puis nous étions tous rentrés à Paris et nous avions ramené Killie chez elle. Et c'est sur le chemin du retour que l'idée m'était venue, en repensant à nos vacances dont je n'arrivais pas à croire qu'elles étaient finies. Je m'étais rappelé la promesse que j'avais faite, ma plus belle preuve d'amitié que Killie risquait d'ailleurs de ne pas avoir entendue. Mais ça ne faisait rien, j'avais donné ma parole et si je lui avais promis de ne jamais lui mentir, l'idée m'était venue que le meilleur moyen de tenir ma parole serait de ne plus jamais me mentir à moi-même. Et ça commençait déjà avec mon rêve d'être la star internationale des mensonges de libellule. Maintenant, je ne pouvais plus reculer, je n'avais plus le droit de reprendre ma parole et à l'inverse de la nostalgie, je sentais poindre une force toute neuve en moi, un « désir », celui de tout faire pour réaliser ce rêve. C'était peut-être ça « avoir l'ambition de son avenir » ? Ce serait ma plus belle preuve d'amitié pour Killie, pouvoir lui dire un jour que c'était grâce à elle si j'étais devenue reine !

Ce serait la preuve que je ne lui mentirais jamais, car je saurais toujours lui être « reconnaissante ». En vérité, je venais d'inventer à ma manière « L'effet Killie » qui m'avait paru si simple à comprendre tout à coup. Mais je pouvais me tromper, parfois ce sont les règles les plus simples qui sont les plus difficiles à comprendre et souvent les plus difficiles à appliquer :

« Pour ne jamais mentir à sa meilleure copine, quand on est vraiment les meilleures copines du monde et qu'on ne forme qu'une avec l'autre, il suffit simplement de ne jamais se mentir à soi-même ! »

Et je n'avais pas énoncé cet effet « révolutionnaire » dans ma tête que j'en avais déjà perçu le premier effet immédiat. Trois souvenirs avaient aussitôt ressurgi de ma mémoire, pêle-mêle : la visite que nous avions faite avec Mum et Daddy au château de Talcy, l'enterrement du Président François à la télé et une drôle de « coutume » que j'avais lue dans un petit livre dérobé dans le bureau de Daddy encore une fois.

Un tout petit livre qui racontait l'histoire d'un homme qui avait parcouru plus de *quatre mille kilomètres de terres sibériennes* pour aller jusqu'en Chine acheter des œufs de vers à soie. Et cet homme connaissait une drôle de coutume orientale, « une folie magnifique ». Elle consistait à construire une volière que « tu remplis » *d'oiseaux raffinés et superbes* et dont « tu ouvres la porte en grand » le jour où il t'arrive « quelque chose d'heureux », pour les regarder s'envoler.

Et juste après j'avais demandé à Mum si on pouvait construire un pigeonnier dans Les Choux dont elle ferait les plans naturellement ; avec un escalier spécial, comme celui du château de Talcy, pour que je puisse atteindre à son sommet une boîte à trésor fermée à clé. Il suffirait de la mettre à la place d'un trou de boulin, ces petits trous creusés tout autour du pigeonnier à l'intérieur pour que les oiseaux puissent pondre des œufs et nicher.

C'était à peu près tout. Il faudrait juste encore écrire « Le verbe ne meurt pas » tout au sommet du pigeonnier, sur « un fronton » imaginé par Mum.

Et là, tout à coup, elle m'avait étonnée. Après m'avoir écoutée jusque-là avec amusement et émerveillement, elle paraissait si fière de moi, elle m'avait brusquement dévisagée avec ses yeux qui réveillaient le fantôme du pédopsychiatre.

« Le verbe ne meurt pas ? »

Mum avait eu très peur tout à coup de me voir inventer une chose pareille bien trop sérieuse pour mon âge. Et je m'étais « fait la réflexion » : j'avais mieux écouté la télé qu'elle le jour de la mort de son Président « chéri » puisqu'elle semblait avoir complètement oublié les propres mots que le cardinal Lustiger avait prononcés dans son homélie.

Mais je ne le lui avais pas fait remarquer, de même que j'avais tu la vraie raison de cet engouement d'apparence si loufoque pour les pigeonniers. Je n'allais tout de même pas avouer à Mum et Daddy que c'était pour me souvenir de la promesse « inoubliable » que j'avais faite à Killie parce qu'elle avait semé des boutons d'or dans le sillon de mon innocence ; que c'était ma volière pour fêter ce « quelque chose d'heureux » que j'avais vécu et que l'avantage, avec un pigeonnier, c'était qu'il n'y avait pas besoin d'ouvrir la volière pour voir les pigeons s'envoler puisqu'ils étaient en liberté. Et je n'allais pas non plus lui dire que dans mon « esprit », la citation *Le verbe ne meurt pas* signifiait que même morte je continuerais à tenir parole à Killie, à ne pas lui mentir. Ce sont des choses qui ne se disent pas, voyons !

Les secrets d'enfance, c'est « top secret » !

Acte III

1
L'avocat du diable

L'idée de ne plus jamais me mentir m'avait paru à la réflexion aussi baroque que le couple que formaient Mum et Daddy depuis la fameuse métamorphose imaginale d'Ursula. Elle donnait vraiment l'impression trompeuse d'être une contradiction sinon la plus étrange d'entre elles.

Mais j'avais donné ma parole à Killie, je l'avais même gravée dans la pierre d'un pigeonnier qui méritait tout de même à mes yeux d'être inscrit au « patrimoine mondial de l'humanité » – si Mum et Daddy se décidaient toutefois à le faire construire. Et il était par conséquent trop tard maintenant pour m'en tirer par une pirouette commode, un « pieux » mensonge qui ne serait en rien un mensonge de libellule, car il m'autoriserait à trahir le serment que j'avais fait à Killie.

Alors j'avais trouvé un nouveau jeu dont j'avais tiré le nom dans un livre de Daddy. Je l'avais appelé « L'avocat du diable ». Un jeu tout simple, je m'imaginais traînée devant un tribunal parce qu'on m'accusait d'avoir inventé *l'effet Killie*. Et je devais tenter de me défendre. Un peu comme ça :

« Accusée Adélitah, levez-vous, votre procès va commencer. »

Et je me levais.

« Accusée, vous savez mieux que moi, c'était le juge qui parlait, que le seul moyen infaillible de ne jamais trahir la parole qu'on donne et de ne jamais mentir, quel sacrilège, consiste à ne jamais donner sa parole. Dès que vous commencez à la donner, vous commencez à mentir. »

Et là, je tournais sept fois ma langue dans ma bouche avant de répondre, ça me permettait de gagner un peu de temps pour inventer un mensonge de libellule adapté, disons rigoureusement proportionné à l'attaque.

« Votre Honneur, je pourrais vous dire qu'après tout c'est vous qui avez raison, tout le monde sait que les paroles d'enfants sont toutes empreintes de naïveté et qu'elles comptent "pour du beurre" comme on dit souvent en parlant de cette langue innocente. Et que par conséquent je retire aujourd'hui ce que j'ai dit hier. L'effet Killie n'avait aucune

valeur de vérité et n'était qu'un mensonge "innocent" que vous saurez me pardonner.

— Accusée, je suis fort aise de vous entendre dire enfin des paroles sensées et vous voilà libérée à l'instant.

— Excusez votre Honneur, mais je parlais au conditionnel bien entendu, car j'ai bien dit "je pourrais" avec un s n'est-ce pas à la fin du verbe. En vérité, je n'avais pas fini de m'expliquer, mais je loue déjà votre Honneur d'avoir reconnu des paroles sensées dans cette première partie de ma défense. Et maintenant, laissez-moi vous en exposer la seconde pour voir si vous serez toujours du même avis.

— Soit, soit, je suis pressé, faites vite, j'ai tant d'autres procès à instruire.

— Je disais donc que face à l'accusation qui m'est faite j'aurais pu me "défausser" aisément, et je ne sais si la parole de certains enfants n'a pas plus de consistance que celle du beurre que l'on peut tartiner à loisir. Mais sachez cependant que la mienne, que mes parents ont rêvée "prodigieuse", n'est pas si malléable. C'est comme si chaque parole que je prononçais était gravée dans le marbre qu'elle en était ineffaçable. Aussi bien, je maintiens ce que j'ai dit, je ne mentirai jamais à ma copine Killie si je vous autorise toutefois à croire que l'effet qui porte son nom n'existe pas en vérité. C'est là, voyez, la preuve que je n'ai nulle intention, nul désir de l'imposer à qui que ce soit. Il suffit aujourd'hui que je sois seule à le croire vrai et à lui obéir pour être la plus heureuse des grandes filles de mon âge. »

Et là, pour une fois, à ma grande stupéfaction, j'échappais de justesse à mon emprisonnement immédiat parce que le juge venait de s'endormir derrière sa chaire et qu'il fallait attendre qu'il ait fini son somme pour que « sentence soit rendue » !

2
Il avait déserté

L'ennuyeux avec ce jeu imaginaire, c'est que *l'avocat du diable* était interminable, j'aurais pu « plaider » des jours et des nuits dans ma tête pour défendre bec et ongle *l'effet Killie*. Mais pendant tout ce temps, je ne faisais pas trop attention à ce que mon nouveau maître disait en classe depuis la rentrée, il y avait presque un mois maintenant. J'étais de nouveau distraite et Daddy avait raison, l'Histoire avait tendance à se répéter fâcheusement, même si je m'étais efforcée de ne plus regarder par la fenêtre afin de ne pas attirer l'attention de mon nouveau maître. C'est que je ne voulais surtout pas risquer d'être séparée une nouvelle fois de Killie et je m'étais dépêchée de trouver un subterfuge « imparable ». Je demeurais toute la journée la tête baissée sur mes cahiers comme une élève modèle l'aurait fait. Mais la distraction a cette triste particularité scolaire de ne pas passer longtemps inaperçue même avec la meilleure volonté du monde. Et le maître n'avait pas été long à surprendre mon petit manège et même l'autre petit « leurre » que j'avais trouvé afin de ne pas risquer d'être démasquée. Il n'avait pas tardé à repérer mon travail toujours à moitié fait, juste ce qu'il fallait pour avoir « la moyenne » ou à défaut un « passable » peu brillant, mais qui évitait les réprimandes.

Telle était la pure réalité : toute l'application que je mettais dans mon « vrai travail », celui de future grande artiste, me faisait oublier mon travail désormais secondaire d'écolière.

Et Mum et Daddy, lequel pour une fois s'était arrangé afin de ne pas « briller » par son absence, n'avaient pas tardé à se retrouver face à face avec le maître. Celui-ci leur avait délivré bien entendu son « ordonnance » de maître-docteur des écoles, puisque monsieur était également *docteur en littérature*. Oui, sa passion pour « Les Belles-Lettres » était son « violon d'Ingres ». C'était en tout cas ce qu'il avait asséné d'emblée à Mum et Daddy pour asseoir son autorité avant de délivrer son ordonnance, sans erreur possible : je couvais une maladie mortelle !

Enfin, c'est ce que Mum et Daddy avaient dû comprendre, car ils faisaient une drôle de tête quand ils étaient rentrés de l'entretien auquel j'avais échappé pour une fois grâce à « Sacré Manu ! » Mon cours de saxophone m'en avait dispensée sur le fil. Et il fallait les comprendre au vu de la situation presque désespérée qu'avait dû leur exposer le maître. Il fallait opérer apparemment d'urgence et Daddy semblait déjà souffrir pour moi, sentir comme un bistouri sur sa peau. Et rien qu'à le voir se manger un peu la lèvre inférieure, j'avais tout de suite deviné qu'il n'était pas très fier de lui.

En réalité, j'allais devoir passer finalement « un test » ! Le fameux test dont il avait toujours dit depuis le CP qu'il n'en voulait pas parce que j'étais tout simplement « une enfant normale, comme les autres ».

Pas plus qu'il ne voulait me voir sauter des classes, même si par la force des choses, c'était « moindre mal », il avait cédé sur ce principe.

Et voilà qu'il venait de « trahir » sa parole au moment même où je m'escrimais dans ma tête à me convaincre qu'il fallait au contraire toujours la tenir dès qu'on l'avait donnée.

Quelle ironie du destin tout de même ! Pouvait-il y avoir pire ? Daddy venait de chuter à son tour de son piédestal de père « indomptable » au moment même où je venais d'inventer avec « l'effet Killie » l'arme idéale pour le devenir à coup sûr dans la vie, dans ma vie. Et maintenant, je ne voyais plus comment réparer cet effroyable gâchis, car c'était sûr, je ne pourrais plus jamais aimer Daddy s'il devait m'avoir trahie. À moins de recourir *in extremis* au seul « antidote » que Killie m'avait donné comme preuve suprême de son amitié pour éviter un tel désastre. Je devais « reprendre le flambeau » que Daddy venait de laisser tomber, me réfugier envers et contre tous dans une belle innocence, une innocence de libellule – l'Innocence avec un *i* majuscule – me « draper » dans l'Ignorance. Celle de Daddy quand il savait tenir parole.

« Je ne veux pas être testée. D'accord Daddy ? D'accord Mum ? »

Je l'avais dit sans élever la voix, calmement. Je me sentais si forte, si sûre de moi.

C'est d'ailleurs ce jour-là que j'avais commencé à les appeler comme ça, je trouvais que c'était plus fair-play que père et mère ou papa et maman.

En vérité, je voulais rester comme Daddy l'avait toujours dit, une enfant comme les autres, une fille normale. Il avait raison et je ne comprenais pas pourquoi il avait « déserté » cette fois au lieu d'affronter vaillamment l'adversaire. Si seulement j'avais été à ses côtés au lieu de me laisser distraire par « Sacré Manu ! » Toujours la même histoire qui se répétait, mais j'étais à deux doigts de maîtriser enfin le rythme *makossa* au saxophone dont l'âme « enchantée » dormait dans un écrin. J'avais donc le droit de me montrer un peu indulgente à mon égard et j'avais fini par me pardonner cette distraction musicale. Personne, en vérité, ne pourrait jamais me la reprocher, m'en accuser, car ce n'était qu'une distraction innocente de libellule.

3
Un bel Apollon

Et après, tout avait recommencé comme avant, tout avait eu disons un petit air de déjà vu. J'avais bien entendu été condamnée par le tribunal de *l'avocat du diable* ! Le juge avait fini par se réveiller et comme il était « un bon petit diable » après tout, il s'était senti un peu coupable de s'être endormi face à ma plaidoirie « exemplaire » que je venais de livrer pour la défense impossible de *l'effet Killie*. Et pour finir, il avait fait comme ma maîtresse de CM1. Il avait rendu un jugement de Salomon un peu ludique et plutôt « clément » tout de même. Je n'étais pas condamnée à être testée, mais je devais cependant me rendre immédiatement au collège en classe de sixième, sans passer par la case départ, comme au jeu du Monopoly.

Et vu que Mum et Daddy adoraient jouer à ce jeu avec moi, je suis sûre que le jugement d'un bon petit diable devait les avoir amusés et qu'ils avaient dit « oui » d'une seule voix puisqu'ils ne formaient qu'un décidément.

De sorte que je m'étais retrouvée une nouvelle fois séparée de Killie et cela avait été très pénible pour moi, car il n'y avait plus eu les récréations pour nous voir. Mais bizarrement, maintenant que je tenais sa preuve d'amitié dans la main, je ne me sentais plus complètement abandonnée, j'avais confiance : ce n'était que provisoire. Et c'est peut-être grâce à cette preuve que j'avais accueilli sans pleurer ma rupture imprévisible autant qu'inévitable avec mon grand amoureux, mon beau chevalier blanc et son panache iridescent, mon Agilulfe, quand un chevalier moins inconsistant tout de même et si flamboyant s'était imposé à ma vue.

Cette rencontre fortuite avait été la toute première bonne nouvelle de mon premier jour de collégienne. Et la séparation d'avec Killie que j'allais devoir endurer m'avait semblé soudain beaucoup moins cruelle que je ne l'avais imaginé.

Sans mentir, je n'avais jamais vu plus bel « Apollon » de ma vie, même si je devinais déjà que sa fréquentation allait m'imposer quelques contraintes et non des moindres. Rien que pour arriver à lui tenir la main, c'était tout simplement impossible et surtout je le devinais si volage qu'il allait falloir toujours lui courir après pour ne pas risquer de le perdre de vue. Aussi il me fallait déjà oublier sur-le-champ toute prétention d'en parler. Et encore moins à ma meilleure copine Killie, car je redoutais plus que tout au monde de tomber en disgrâce à ses yeux. Je ne voulais pas la voir soudain éclater en sanglots, me privant pour toujours de son beau rire malicieux. J'avais trop peur de la perdre pour toujours.

Y avait-il en effet idée plus « saugrenue », plus folle pour une fille de mon âge que celle de tomber amoureuse d'un papillon – fût-il le plus beau — qui venait de se poser sur le rebord de la fenêtre à travers laquelle je regardais déjà… ? Et ce n'était pas la peine que Mum et Daddy m'aient faite prodigieuse si je me montrais à ce point « fleur bleue » ? Et ça, j'en étais sûre, Killie aurait cessé de rire face à ce trop-plein de romantisme qui remplissait ma tête parce qu'il y a des idées folles qui ne font plus rire du tout quand on les sent l'effet d'un esprit vulnérable. Car je savais très bien que jamais Killie ne rirait des êtres vulnérables plus faibles qu'elle, que jamais sa sincérité ne perdrait sa belle innocence. Et moi je ne voulais pas la décevoir amèrement avec mon histoire d'Apollon.

Aussi j'avais gardé pour moi mon premier « coup de foudre » de collégienne en herbe pour un « lépidoptère », sans en parler à personne, même pas à Mum et à Daddy.

C'était top-secret ça aussi, et je commençais à comprendre que si je voulais devenir la plus grande des menteuses, il allait bien falloir que j'apprenne à me taire quelquefois. À croire que *l'avocat du diable* n'avait pas tout à fait tort…

4
Comment réaliser nos rêves ?

Cette année de collège, je ne sais pas, mais dès ce premier coup de foudre éphémère, j'avais ressenti comme une légère vibration intérieure dans tout le corps et dans ma tête. Or j'étais la plus jeune de la classe avec mes deux ans d'avance et je ressemblais à une grande sauterelle bien peu appétissante. Alors ce n'était pas possible, je ne pouvais pas déjà être « travaillée » comme l'était si souvent Mum par les hormones en pleine action… de la puberté, de mon adolescence ? Et pourtant, ça devait pouvoir arriver chez les collégiennes prodigieuses, puisque je tombais amoureuse toutes les secondes ! C'était encore plus fou que de tomber amoureuse d'un papillon n'est-ce pas ? Et je ne m'étais pas jetée à corps perdu « dans les bras » de mon bel Apollon que j'avais dévoré littéralement des yeux mon premier professeur. Une mante religieuse venait d'arriver au collège, c'était tout à fait ça, car ces fourmis intérieures qui m'avaient envahie étaient en train de provoquer en moi une mue aussi pressante qu'involontaire. Et je me méfiais déjà de l'effet papillon qu'elle pourrait produire sur ma scolarité. Être amoureuse à chaque seconde, ce n'était plus de la distraction, ça devenait un tremblement de terre sentimental, un raz de marée qui risquait bien de provoquer un effet des plus destructeurs dans mon carnet de notes si je ne me calmais pas tout de suite.

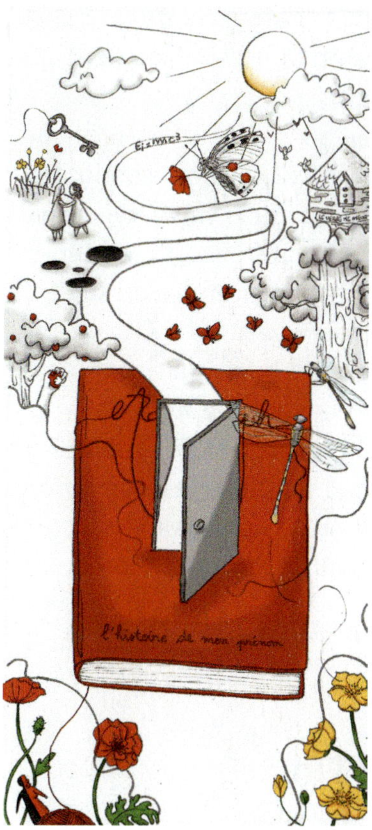

Seulement voilà, le professeur de français nous avait proposé pour commencer l'année une première production de texte libre assez courte qui raconterait « un événement imaginaire ou vécu qui nous avait transportés d'émotion » ; et j'en avais eu la chair de poule. Puis il nous avait dit que ce petit texte servirait d'introduction à « un carnet de voyage imaginaire » qu'il nous invitait à commencer dès la sixième afin qu'il ait le temps de mûrir, de s'épanouir au fil de nos années jusqu'en terminale. Un carnet dans lequel nous glisserions petit à petit tous nos transports d'émotion dont nous voulions nous souvenir. Et là, j'avais commencé à sentir le feu courir sur ma peau et m'embraser les joues. Mais lorsqu'il nous avait expliqué que « les transports d'émotion étaient des portes ouvertes sur le chemin de nos rêves » et que notre carnet de voyage servirait à en ouvrir autant que nous le « désirerions », j'étais littéralement entrée en ébullition. Le professeur s'en était d'ailleurs inquiété et m'avait demandé si je me sentais bien ou si je voulais qu'on m'accompagne à l'infirmerie.

Mais j'avais répondu « non » évidemment. Je n'allais pas lui dire tout de même que c'était à cause de lui, que je venais de tomber raide dingue amoureuse et que j'étais « littéralement » transportée d'émotion. Que chez moi c'était comme ça, une maladie « pyramidale » héritée de ma mère, parfois assez spectaculaire il fallait bien le reconnaître, mais sans gravité. Non, j'avais pensé à Killie à cet instant précis et j'avais simplement demandé si nous avions le droit d'aller chercher un livre au « centre documentaire » pour nous aider à écrire notre premier « rêve ».

J'avais cru comprendre en effet que les rêves et les transports d'émotion ne faisaient qu'un après tout. Ou plutôt que les rêves que nous écrivions se réalisaient quand les mots que nous utilisions pour les « traduire » soulevaient en nous de grandes émotions. Et je m'étais dit que « la littérature » qui était inscrite au programme, ce devait être ça. Un écrit était « littéraire », il entrait dans la catégorie des « Belles-Lettres » quand les mots que nous écrivions étaient capables de transporter d'émotion celles et ceux qui les liraient.

Je n'avais interrompu ma réflexion qu'au moment où la bibliothécaire m'avait enfin tendu un livre de haïkus que j'avais déjà lu dans le bureau de Daddy. Et j'avais été trop heureuse. Je l'avais feuilleté sur place pour y retrouver un tout petit texte qui me paraissait maintenant « résumer » à la perfection ce que je venais de comprendre au sujet de la littérature. Et j'avais hâte de commencer mon carnet de voyage imaginaire par ce petit poème japonais extrêmement bref, mais capable de traduire au mieux « l'évanescence » de mes émotions, pour essayer d'y sauver de l'oubli mes rêves d'adolescente. Pour espérer les réaliser un jour si je parvenais enfin à trouver les mots « justes », les bons mots, des mots de libellule pour les raconter, des mots tout à la fois sincères et innocents qui auraient le pouvoir d'émouvoir et donc de m'émouvoir puisque j'étais déjà ma première lectrice !

5
Une formule digne d'Einstein pour retrouver le sommeil

Le soir même de cette rentrée scolaire, *L'avocat du diable* était venu hanter ma nuit pour une fois et je devais encore faire face à ses accusations qui me donnaient du fil à retordre :

« Accusée, levez-vous, votre procès va reprendre. »

Et je me levais à nouveau sans rien dire.

« Accusée, si vous êtes ici devant votre Honneur, c'est parce que celle-ci tient à vous mettre en garde. Sachez qu'il est impossible d'arriver

la première, d'être sacrée la reine des artistes comme vous en rêvez sans tricher avec la vérité, autant dire sans trahir votre parole, sans manquer à la promesse que vous avez faite à votre meilleure amie. Aussi bien, il est de mon devoir de vous reposer la question : Persistez-vous à voir dans l'effet Killie la boussole de votre avenir, c'est-à-dire persistez-vous à dire que vous tiendrez toujours la parole que vous lui avez donnée sachant qu'à vouloir vous entêter de la sorte vous ne réaliserez jamais votre ambition, votre rêve d'être un jour une grande artiste ? »

Et à ce point crucial du procès, je tournais à nouveau sept fois ma langue dans ma bouche avant de répondre sans montrer la moindre hésitation.

« Votre Honneur je persiste et persiste même doublement voyez-vous, puisque je vais me répéter. En effet, je vous ai déjà dit que je n'obligeais personne à croire à l'effet Killie, mais qu'il me suffisait d'y croire moi-même pour être la plus heureuse.

« Aussi bien, je préférerais renoncer à mon rêve s'il me fallait trahir ma parole afin d'y parvenir. Pensez ! Je n'oserais plus ne serait-ce qu'entrouvrir les lèvres si je m'y résignais sans craindre qu'il n'en sorte plus désormais que des crachats d'une parole qui a failli et qui ne mérite plus que le mépris.

« Mais par bonheur, il se trouve que je crois possible ce à quoi vous ne croyez pas. Et je pourrais faire ici le pari que je réussirai parfaitement ma vie sans avoir besoin de trahir ma parole. Mais ce serait là montrer une bien sotte prétention et trahir ainsi bêtement ma parole. Aussi bien, je préfère vous remercier simplement pour votre mise en garde. Elle m'incite déjà à discipliner mon impatience afin de ne pas gaspiller mes chances de réussite. »

Arrivé là, bien entendu, le juge me condamnait *céans* à être pendue « haut et court » dans ce tribunal d'exception d'un autre temps – moyenâgeux – où l'habit y faisait encore le moine. Ce qui avait pour triste effet que la parole des enfants prodigieux de l'espèce « bavarde » comme moi n'y était pas entendue, les juges haut perchés trouvant toujours mille défauts à lui reprocher pour la « disqualifier », pour ne pas l'écouter croyant dur comme fer qu'elle ne compterait toujours que pour du beurre.

C'est lorsque j'avais senti la corde m'étrangler que je m'étais réveillée avec des sueurs froides et après je n'avais plus réussi à me rendormir. Mon moulin à penser s'était remis en marche et j'avais ruminé pendant la nuit tout ce que j'avais vécu ce premier jour de collège.

Et le lendemain soir – pardi ! –, j'avais mis un temps fou en rentrant du collège pour écrire mes premiers mots dans *mon carnet de voyage imaginaire*. Et la fatigue de mon insomnie n'avait rien arrangé. J'en étais arrivée au grave constat qu'à cette vitesse-là, mais il me faudrait au moins cent cinquante ans pour espérer un jour sauter à pieds joints dans la case Ciel tout au bout du chemin de mes rêves.

J'étais complètement désespérée et je m'étais dit que si je ne trouvais pas très vite un moyen de « contracter » ce temps d'écriture, ces cent cinquante ans, je ne deviendrais jamais la grande artiste que je m'étais pourtant promis de devenir. Et dans ce cas, je n'aurais pas tenu ma parole, je n'aurais fait que donner raison au juge moyenâgeux, à « l'avocat du diable », ne méritant plus qu'un châtiment exemplaire : mourir dans le déshonneur, le mépris ! Quel horrible supplice « moral » tout de même.

Et c'est en pensant très fort à ce problème « cornélien » – apparemment insurmontable – qui se posait à moi que « l'équation », comme le disent les mathématiciens et les physiciens, m'était venue à l'esprit le plus simplement du monde.

En vérité, j'avais déjà vu une drôle d'équation dans un énième livre emprunté à Daddy qui parlait de *la relativité* – $E = mc^2$. Je me souvenais bien du nom de l'auteur écrit en gros et en gras sur la couverture jaune de ce livre, « Einstein », rien que ce nom propre – Einstein – en gros et en gras. Et pour retrouver confiance en moi, je m'étais dit que j'allais inventer une équation *imaginaire*, sans doute « l'équation du siècle », qui me permettrait de finir mon carnet de voyage coûte que coûte si jamais je mettais beaucoup trop de temps au début pour essayer de trouver les « bons » mots de libellule très émouvants pour y raconter ma drôle d'histoire d'enfant prodigieuse.

Et c'est comme ça que l'équation *einsteinienne* $E_i = mc^3$ (1) m'était venue à l'esprit — On peut la lire comme ça : « *E* égale *m c* cube ou *E* égale *m c* trois. » C'était juste histoire de me rassurer afin de ne pas perdre le sommeil deux soirs de suite, car sinon « j'allais devenir folle ». Mum me le disait parfois quand je ne voulais pas aller me coucher le soir. Il fallait que j'aille dormir parce que si je veillais trop, j'allais finir par perdre le sommeil et devenir folle. Et j'avais enfin poussé un grand « Ouf » de soulagement, car avec mon équation miracle, ça ne pourrait jamais m'arriver. Elle me permettrait le moment venu – si je voyais que j'avais pris trop de retard dans mes écritures – de le rattraper justement en contractant le temps. Ce qui me permettrait de terminer mon histoire avant que je sois trop vieille.

[(1) MODE D'EMPLOI de l'équation imaginaire propre à l'univers contracté d'une grande fille réputée prodigieuse.

Je mets volontairement ce paragraphe entre crochets, car je vais y cacher la partie la plus secrète de ma pensée, son petit grain de folie que je préfère appeler mon « secret d'avril ». Il viendra contredire au mieux l'idée que je puisse avoir une intelligence inégalable qui ferait de moi un « monstre » d'intelligence. Ce à quoi je ne n'aspire pas du tout.

Voilà !

Et maintenant en route pour la lecture de ce « prodigieux » secret.

Si on regarde d'un peu plus près mon équation magique, on s'aperçoit très vite du petit « i » à côté de la lettre « E » (comme énergie). Cela sert à indiquer que je parle ici d'une énergie imaginaire, c'est-à-dire qui n'existe pas en réalité, ou tout au moins pas dans l'univers « extérieur » *d'Einstein régi par l'équation* $E = mc^2$*. Cette énergie n'existe que dans l'univers « contracté »* à l'intérieur de *ma tête, l'univers de mes émotions. Et l'équation mesure naturellement l'énergie d'un tel univers, celle que les « atomes » de mes émotions me procurent. Et l'énergie que je tire de mes émotions, je lui ai donné le nom de « passion ». Et là, je suis bien obligée d'avouer que l'énergie de la passion qui m'anime dans la vie est sans commune mesure avec l'énergie de l'univers extérieur, « réel », d'Einstein. Elle est infiniment plus « concentrée », plus puissante. C'est pour cette raison simple que dans mon équation imaginaire, la vitesse de la lumière « c » est accompagnée de l'exposant 3 au lieu de 2. Ce qui permet à mon petit cerveau de « soulever des montagnes » parfois, et ça me permet par conséquent d'aller droit au but, de gagner un temps fabuleux par rapport à un problème à résoudre, comme celui, par exemple, de ne pas mettre cent cinquante ans pour écrire mon carnet de voyage. Et si j'ai volontairement limité l'augmentation de cet exposant à un, c'est simplement pour ne pas trop jouer malgré tout avec le feu de ma passion, de manière à ce que ma meilleure copine puisse toujours supporter ma part de folie et ne pas se mettre à pleurer devant moi parce qu'elle serait trop triste de voir que j'ai perdu toute ma raison. Mais là, je lui ai fait lire mon secret d'avril et sa réaction m'a plutôt rassurée, car elle a encore une fois* éclaté de rire en me disant qu'elle n'avait encore jamais rien lu d'aussi absurde de sa vie parce qu'elle n'avait rien compris, *mais alors rien compris du tout. Aussi je pense que mon exposant 3, bien qu'il soit imaginaire, n'est pas encore trop déraisonnable, « démentiel », au sens de la vilaine maladie que peut attraper notre cerveau, mais qu'il ressemble plutôt à un poisson d'avril* à cause du beau rire de *Killie auquel j'ai eu droit une nouvelle fois.*

Et maintenant, je vais me dépêcher de revenir à mon récit, car je pense avoir fait la preuve évidente de ma folie intérieure qui fort heureusement ne sortira jamais de mon petit carnet !]

6
Le look Barbara $E_i = mc^3$

Le lendemain, toute la farine « noire » que mon petit moulin à penser avait fabriquée la veille dans ma tête à cause du manque de sommeil avait été balayée par ma formule miracle, « merci, Einstein » ! Et j'avais repris le chemin du collège, plus déterminée que jamais, absolument convaincue que plus rien ne pourrait m'empêcher d'aller jusqu'au bout du chemin de mes rêves. Et j'avais aussitôt décidé d'adopter la tenue « de combat… pacifique » la plus adaptée qui me permettrait d'y arriver.

Il fallait déjà qu'à partir de ce jour, plus rien ne puisse me distraire du projet d'écriture *fantastique* que mon professeur de français nous avait invités à mettre en œuvre – je refusais d'utiliser le mot « prof », trop banal. Je devais pouvoir m'y consacrer toute la journée, même pendant les cours et même surtout pendant les cours afin de ne pas perdre un temps précieux. J'avais fait le calcul, naturellement. Dans la mesure où je passais beaucoup plus de temps au collège qu'à la maison, si je ne cherchais pas les mots de libellule chargés d'émotion pendant la journée, j'allais devoir le faire le soir à la maison et « c'était cousu de fil blanc », je n'allais pas tarder à en perdre le sommeil avant de basculer dans la folie.

Il me fallait donc sans tarder me procurer des « boules Quies » pour le collège, puisque les écouteurs y étaient interdits. Elles me permettraient déjà de m'isoler pendant les cours tout en maintenant un contact lointain avec ce que diraient les professeurs pour m'éviter la catastrophe dans mon carnet de notes. J'écouterais juste ce qu'il faut pour avoir la moyenne et tout le reste du temps je pourrais réfléchir tranquillement à mon carnet de voyage, loin de tout bruit « parasite ». Et ce serait pareil pour les récréations, port des boules Quies obligatoire. En dehors du collège bien entendu, j'allais demander à Mum et Daddy de m'acheter « un baladeur », et une fois les écouteurs vissés sur les oreilles, ils me permettraient d'écouter en boucle les programmes de France Musique enregistrés à la maison – avec leur bénédiction obligée. Mum et Daddy ne formaient qu'un pour en louer la qualité irremplaçable.

Côté tenue vestimentaire, il me fallait aussi choisir celle qui me permettrait de m'isoler au maximum du monde. Partout ! En toutes circonstances. Aussi « le look Barbara » tout en noir me paraissait s'imposer sans discussion possible, pour le haut comme pour le bas. Et pas de jupes un peu trop courtes comme celles de Mum qui me semblaient justement « l'antithèse » absolue. En résumé, pantalon obligatoire de la sixième à la terminale et pas trop moulant non plus pour la même raison que les jupes trop courtes. Enfin, pour finir une paire de baskets « neutres », blanches, ferait l'affaire. Et si avec ça on ne me fichait pas une paix royale, je verrais pour des adaptations « mineures », mais il n'y avait pas de raison. Je venais d'inventer le look « Barbara $E_i = mc^3$ » en tout point idéal pour grande fille prodigieuse toute convertie à « l'ambition de son avenir » – sans oublier bien entendu les boules Quies !

Mum pouvait désormais dormir tranquille. Et Daddy aussi, sa « corneille » ne courait plus aucun risque. Le spectre du test venait d'être écarté. J'allais enfin avoir une scolarité tout à fait normale et c'était dit, qu'on ne me parle plus de passage anticipé, je refuserais. J'attendais avec impatience le retour de Killie et cette fois je ne voulais plus jamais la perdre.

7
Une prose samouraï

Il restait enfin un dernier détail à régler afin de mettre toutes les chances de mon côté. Détail qui avait toute son importance. Il fallait que je m'entraîne dès maintenant à me montrer plus exigeante avec mon *look*, pardon, mon style d'écriture. Le professeur de français, dès la première production de texte non destinée à notre carnet de voyage imaginaire, l'avait trouvé en effet à la manière du roi Salomon « original et consistant », mais… : « trop foisonnant, trop bavard avec ses multiples incises, ses remarques intempestives qui freinaient la lecture quand elles ne perdaient pas carrément les yeux du lecteur qui peinait à retrouver le fil de la narration ».

Bref, le tableau parfait pour être recalée d'emblée aux Belles-Lettres et je pouvais déjà dire adieu à une carrière littéraire tout au moins. Je ne serais jamais prix Goncourt, le *must*, le *goth*a des récompenses en la matière avec un style pareil. Un style pour le moins « provincial », excusez l'expression, pour une grande fille qui espérait conquérir la capitale ! Mon professeur n'avait pas dit le mot pour ne pas me décevoir, mais il avait certainement dû le penser.

Après quoi cette douche écossaise, après une douce invitation à « flirter » pudiquement avec les anges de nos rêves (ce carnet de voyage servait ni plus ni moins qu'à ça), avait eu au moins le mérite d'être franche. Le professeur avait tenu sa parole à mon égard sans la parer d'une vilaine hypocrisie qui en eût trahi la beauté, la vérité.

J'étais donc une fille « avertie » si je n'étais pas courtisée par un professeur qui n'avait d'yeux, quand il ne les posait pas par paresse sur les seuls premiers rangs de la classe, que pour un livre de « survie ». Je ne voyais pas comment l'appeler autrement puisqu'il se mettait dans tous ses états pour le retrouver sitôt qu'il l'égarait. Mais je suis un peu mauvaise langue en disant ça et il faudrait déjà me montrer plus fair-play. En vérité, peut-être que son livre était sa tenue de combat non moins pacifique, toute personnelle, pour lui permettre d'aller lui aussi tout au bout du chemin de ses rêves très éloignés du mien.

Aussi je savais que je devais sans plus attendre me faire « hara-kiri » en parlant de mon style trop foisonnant et m'exercer à une prose « samouraï » la plus diététique au niveau bavardage – à mi-chemin entre le haïku et le télégramme.

Autant dire que la grande pie que j'étais allait devoir se retirer du monde et entrer au couvent. Ma tenue de combat et les écouteurs y contribuaient déjà grandement. Il était urgent de mettre ma langue au régime sec afin qu'elle perde son embonpoint et lui donner enfin plus de vivacité, de souplesse et d'émotion. Autant de qualités qui lui manquaient encore, mais incontournables pour favoriser une lecture plus aisée du lecteur. Sans compter qu'elles me feraient gagner un temps précieux dans l'écriture de mon petit carnet.

Après je sais, cette prose samouraï risque de surprendre au début, mais il faut penser aux haïkus. On peut dire beaucoup de choses en peu de mots et on peut surtout susciter autant d'émotion et même plus parfois que lorsqu'on écrit « en s'écoutant parler ». Je vais donc innover, et commencer à m'exercer à cette prose « révolutionnaire » qui me demande par contre bizarrement beaucoup plus de concentration que ma prose bavarde. Aussi je vais m'autoriser à mélanger ces deux types d'écriture selon mes disponibilités du moment.

8
Killie m'a emmenée dans ses bagages

De septembre à décembre, la tenue de combat a été parfaite. Je suis passée pratiquement inaperçue au collège au point que j'aurais pu m'en absenter sans problème, personne ne s'en serait aperçu. Sans compter que la technique des boules Quies fait des merveilles, un carnet de notes qui plafonne à dix avec un seul sept en sport. Mais Mum et Daddy se sont montrés indulgents, car « on habite à Paris ». C'est là une excuse qui m'amuse beaucoup, elle me donne en tout cas des circonstances atténuantes à leurs yeux. C'est l'essentiel.

Un seul détail tout de même concernant mon travail d'écriture. Je m'aperçois que si ma prose samouraï aspire le plus clair de mes jours en ce moment au point que j'ai vraiment l'impression avec mes boules Quies d'être dans un vaisseau spatial à des milliers de kilomètres de la terre, je me souviens que ma prose bavarde m'a elle aussi croqué beaucoup de mon temps libre, même si son écriture m'a été facile. Car je me souviens du nombre interminable de petites enquêtes furtives que j'ai dû mener auprès de Mum et Daddy pour leur tirer des souvenirs concernant toute la période qui a précédé ma naissance et même après puisque c'est obligé. Et tout ça afin qu'ils ne se doutent de rien, et surtout pas que j'étais en train d'écrire « notre » histoire. Il ne faut pas croire en effet que j'ai pu me souvenir de tout ce que Mum et Daddy racontaient pendant que je n'étais pas encore née tout de même, parce que là je me mentirais et j'ai fait vœu de ne plus jamais me mentir de ma vie. Alors je dois tenir ma promesse si je veux devenir la grande artiste dont apparemment « le destin » veut que je devienne !

Ce 24 novembre, la longue dame brune s'en est allée sur la pointe des pieds pour rejoindre qui sait, à chacun son heure, le chemin de ses rêves. Mum a pleuré, mais je n'ai pas eu la sensation qu'elle m'abandonnait une seconde fois. Sans doute à cause de l'ambition de mon avenir qui me tient par la main maintenant...

J'ai souri pour ma part à l'idée que je pourrais être sa fille dans ma tenue furtive.

Mum et Daddy sont revenus enchantés d'une séance de cinéma. Mum y est allée de son lyrisme habituel, *Marius et Jeannette* était tout simplement un film « incontournable ». Je veux bien la croire après tout parce que son émotion est un sérum de vérité, elle indique à coup sûr une valeur artistique.

À Noël, deux belles surprises et une note plus grave. Il y a d'abord eu les cadeaux de Mum et Daddy. Mum m'a offert les plans du pigeonnier et j'ai bien vérifié, la boîte à trésor y figure, tout au sommet dans un trou de boulin. J'avais si peur qu'elle n'y ait plus pensé. L'impatience qui me gagne de revoir l'été.

Le cadeau de Daddy a été plus discret. Il m'a promis que nous reverrions si je voulais « Sacré Manu ! » au mois de juin lors d'un festival « Soir au Village ». Cette fois, j'aimerais tant qu'il joue la musique *makossa* de mon prénom avec mon propre saxophone.

Après, Killie m'a emmenée dans ses bagages en Savoie pour skier avec elle « chez ses grands-parents ». Et je peux me vanter de l'avoir bien fait rire avec mon style « débutante » ver de... neige. C'est vrai que je rampais plus souvent dans la neige que je n'étais debout. Dire que je n'avais encore jamais vu si beau, ces champs blancs qui scintillaient sous le soleil. Et je me souviens de mon hésitation un après-midi. Je ne savais plus dire si c'était la sincérité de Killie qui ressemblait à la beauté des champs de neige ou l'inverse.

Mais lorsque j'ai demandé à Daddy en rentrant du séjour si mes grands-parents étaient morts, parce que ni lui ni Mum ne m'en parlaient jamais, il m'a simplement répondu. Ils n'avaient pas connu leurs parents assez longtemps pour avoir la force d'évoquer leur souvenir, et je n'ai pas insisté. Je ne sais donc pas s'ils sont morts ou pas.

9
La fleur de piété

Jour de l'An ! Daddy semble avoir entamé une mue tardive, mais tout aussi « imaginale » que celle de Mum. Il flotte depuis le matin dans la maison un air d'opéra d'un certain Philip Glass qui répand une ambiance apaisante et quasi mystique. Ce qui a d'une certaine manière le même effet que mes boules Quies. Il invite à fermer les yeux et à respirer profondément pour nous évader du monde et rejoindre nos rêves. Il ne manque plus que les parfums d'encens et je m'attends à chaque instant à voir apparaître Mum et Daddy en *sari* et *dhoti-kurta*.

Une mention cinq étoiles pour Les Choux, ce lieu de rêve le plus fou, qui m'a réservé un cocktail d'émotions impalpables cet été. Le spectacle du pigeonnier sortant de terre tel un immense et puissant baobab qui n'en pouvait plus de souffrir sa prison de terre était déjà aussi « beau » qu'un champ de neige immaculée. Mais comment dire, il atteignait la beauté suprême, *imaginaire*, propre aux œuvres d'art – celle de la sincérité de Killie.

Quand j'ai surpris Killie au bord de l'étang étendue au soleil avec sa main dans la culotte, je ne sais pas quels yeux j'ai pu rouler, mais elle a dû éprouver une pointe intense de culpabilité. Elle s'est sentie tout de suite obligée de se justifier.

« Tu fais ça toi ? Moi je le fais quand ce que je vois m'émerveille. »

Je n'ai pas voulu l'effrayer parce que je devinais que les pointes de culpabilité pouvaient faire très mal et j'ai joué l'ingénue.

« Tu fais quoi, tu me montres ?

— Je caresse ma fleur de piété, ma mère l'appelle comme ça. »

Et elle a baissé sa culotte pour me montrer son « clitoris », Mum l'appelle comme ça, ce tout petit bouton de chair qui se cache à l'abri de « nos lèvres intimes » ; Mum les appelle aussi comme ça.

« Tu sais, ça nous donne de super frissons quand on le fait, tu veux qu'on le fasse ensemble ? »

Et je lui ai répondu le plus franchement de peur de froisser sa sincérité. Je lui ai dit la vérité, je n'avais pas envie, là, tout de suite, mais c'était juré. Si un jour ma vie était en danger ou la sienne, si l'une ou l'autre risquait de mourir si on ne le faisait pas, c'était promis, je voudrais bien qu'on le fasse ensemble, qu'on se caresse nos fleurs de piété pour guérir de la mort.

Et je lui ai dit de me rejoindre au chêne pédonculé quand elle aurait fini d'admirer l'étang, ce quelque chose qui l'émerveillait visiblement.

Le festival *Soir au Village* à Saint-Calais s'est déroulé sans moi, une vilaine angine, et sans Mum, à cause du pigeonnier, elle devait suivre le chantier. Daddy s'est finalement dévoué, il tenait à porter mon désir à Sacré Manu ! Et il m'a rapporté la preuve que « le Noir des cocotiers » – l'humour *makossa* mâtiné *groove* de Sacré Manu ! – avait touché de ses mains mon saxophone. Sa belle signature sur le pavillon en était la preuve inoubliable. Merci Manu !

L'arrivée de Killie au collège, une immense joie, même si nous ne pourrons pas nous asseoir toutes les deux au fond de la classe puisqu'elle est en sixième. Si seulement mon équation imaginaire digne du grand Einstein pouvait lui permettre bientôt de contracter le temps et lui permettre de sauter une classe. J'ai le droit de rêver !

Le beau cheval blanc peint en vert, c'est l'image qui m'est restée d'un chef-d'œuvre du septième art. Mum et Daddy m'ont offert avec un peu d'avance mon cadeau de Noël : *La vie est belle* de Roberto Benigni.

10
À la recherche du petit lézard rouge

Un mois d'octobre pluvieux. Et ce matin, la professeure de dessin m'a encore énervée. Je lui ai demandé si « l'arbre à oiseaux » que j'avais dessiné était beau, enfin ce qu'elle en pensait, car ses lèvres esquissaient déjà ce petit sourire ironique que je reconnaîtrais entre mille. Elle m'a simplement répondu de sa voix monocorde, sans couleur, qui jure complètement si on la compare à ses tenues toujours bariolées qui font penser à Arlequin : « La beauté est le nom de quelque chose qui n'existe pas et que je donne aux choses en échange du plaisir qu'elles me donnent. »

Et moi j'ai bêtement insisté, car j'étais dans un jour « poil à gratter » : « C'est "beau" ce que vous dites là ! »

Mais elle ne s'est pas démontée et a simplement poursuivi sur le même ton : « Fernando Pessoa, *Le Gardeur de troupeaux*, je n'invente rien. »

La professeure de dessin est toujours comme ça. Elle a beau se donner un look hippie des sixties avec ses petites lunettes rondes fumées, son originalité me paraît factice, en total désaccord avec sa pensée. Et je la crois simplement égarée dans une époque qui n'est plus la sienne. En vérité, elle ne dit jamais ce qu'elle pense et c'est ce qui m'énerve. Elle s'en sort toujours par des citations souvent intéressantes, je ne critique pas, mais suivies de leur éternel refrain – elle n'invente jamais rien ! – comme si elle ne pensait pas par elle-même et que son cerveau n'était qu'une sorte de bibliothèque de la pensée des autres.

Et c'est quand même le comble de l'absurdité cette chose-là, je vais sortir du collège après avoir fait des heures et des heures de dessin dont je me demande bien à quoi ça pourrait servir si la beauté n'existe pas. Et je ne saurai donc jamais si ce que j'ai dessiné s'en est approché quelquefois !

Je pensais encore à ça en rentrant le soir à la maison et j'étais tellement énervée que je me suis jetée sur mon carnet pour y « passer mes nerfs ». C'est fou cette histoire de beauté, si elle n'existe pas. Parce qu'au fond de moi je dois bien l'avouer, quand j'ai commencé mon carnet, rien que son nom déjà trahissait mon désir, un *carnet de voyage imaginaire* ne pouvait être qu'un carnet « merveilleux ». Je rêvais d'écrire une *belle* histoire, une sorte de *beau* carnet de voyage où je ne sèmerais que des petits cailloux blancs qui ne me rappelleraient que des souvenirs que j'aimais, que j'avais beaucoup de plaisir à dénicher dans ma mémoire.

Et là, c'est comme si tout à coup je venais de laisser tomber un petit caillou noir sur mon chemin qui m'ôtait soudain toutes mes belles illusions et qui ternissait tout ce que j'avais déjà écrit. Mais c'est encore trop tard, j'en ai à la fois trop dit et pas assez pour faire marche arrière et tant pis si je n'écris pas une belle histoire, je vais essayer de la transformer en œuvre d'art. Car je me souviens très bien par contre de ce que la professeure de dessin m'avait raconté à la fin de l'année dernière.

Je lui avais montré une chaise du salon que j'avais dessinée pendant le dimanche à la maison, et là elle m'avait répondu quelque chose à laquelle je ne m'attendais pas du tout. Elle avait observé longuement ma chaise en la tenant à bout de bras, elle regarde toujours nos « chefs-d'œuvre » de cette façon, avec son petit sourire aux coins des lèvres. Puis elle avait fait une drôle de moue avec les lèvres, car, « pour le moment », elle ne voyait que « le dessin d'une chaise ».

Là, je ne voyais pas trop où elle voulait en venir vu que je n'avais pas besoin de son avis éclairé pour m'apercevoir que j'avais dessiné une chaise.

« Mais si tu y ajoutes par exemple un lézard de la couleur qu'il te plaira sur son assise ou son dossier, ou encore en train de grimper après l'un de ses pieds..., elle avait marqué une pause, ton dessin deviendra une œuvre d'art. »

Et dire que je n'avais pas insisté, rien trouvé à répondre. Même pas un remerciement pour ce conseil qui sortait tout de même de l'ordinaire. J'avais senti que pour la première fois, elle m'avait confié quelque chose qui lui était très personnel, je pense, et pas une nouvelle citation qu'elle n'avait pas inventée. Mais ce n'était pas la réponse que j'attendais, puisque j'espérais toujours qu'elle me dise enfin si mes dessins étaient beaux, et je n'avais pas ajouté de lézard à mon dessin.

Sauf qu'aujourd'hui, ce n'est plus du tout pareil. J'ai besoin de croire malgré tout que l'aventure dans laquelle m'entraînent Mum et Daddy depuis ma naissance est belle à sa manière et que si la beauté n'existe pas, elle peut devenir malgré tout une œuvre d'art. Aussi je vais imaginer que c'en est une et chercher quel petit lézard rouge lui ajouter, le rouge émotion de Mum, celui de son rouge à lèvres qu'elle arbore comme un étendard, pour qu'elle ne reste pas une simple aventure sans avenir, une vulgaire impasse d'une vie sans issue.

11
Le supplice de la page blanche

Joli mois de mai ? Je ne sais pas, car je lui dois le premier dilemme « sentimental » de ma vie depuis la rentrée des cours. C'est tout à fait ça quand on ne sait pas si on doit tuer son amour impossible ou sa meilleure copine ! Moi qui croyais que la cinquième allait disparaître dans la toile de fond tendue par mon *look Barbara* $E_i = mc^3$ à toute épreuve, me voilà bien ennuyée. J'avais oublié un détail élémentaire qui se révèle une pièce maîtresse à ne surtout pas sous-estimer dans la tenue de toute aspirante à la vie de grande artiste : le loup « noir-absolu ». Disons le masque de sommeil indispensable pour éviter de voir hélas les *misters* Roméo qui ont l'art de tomber dans la vie des grandes filles « comme une queue de comète » – dixit le grand Cyrano dans un livre « d'anthologie », merci Edmond Rostand.

C'est peu dire en effet que je me vois confrontée à un dilemme *imaginal* tant il m'apparaît le comble des dilemmes sentimentaux qui peuvent se poser à des adolescentes : aimer un garçon qui n'a d'yeux que pour votre meilleure copine. C'est pourtant le cas, mon amoureux est toujours fourré avec Killie pendant les intercours. Je me demande bien ce qu'ils peuvent se dire. Mais je dois me montrer fair-play parce que c'est vrai qu'avec ma tenue de combat, il y a quand même plus gai à regarder.

Le dilemme imaginal provoque toutefois un terrible supplice, car vos yeux qui voient rouge dans ces moments-là ne peuvent pas s'empêcher de regarder votre amoureux qui ne fait que regarder votre meilleure copine. Comme s'il n'y avait plus rien à regarder sur terre que votre Roméo platonique – il ne faut rien exagérer vu mon âge – en train de faire les yeux doux à son amante « shakespearienne » ! Enfin, toutes les jeunes filles de mon âge ne me démentiront jamais sur ce point crucial, enfin les jeunes filles réputées prodigieuses comme moi ayant hérité un morceau d'ADN maternel qui s'appelle l'hypersensibilité[3]. Celles qui peuvent souffrir d'embrasements émotionnels vertigineux, les mathématiciens parleraient sans doute d'explosions émotionnelles « exponentielles ».

Alors je l'écris comme je le pense. Je n'aurais jamais cru que Mum et Daddy puissent m'offrir un supplice aussi atroce à endurer à mon âge et je leur en veux terriblement. Je crois même que si je ne pouvais écrire ces mots à cet instant je n'aurais tué ni Albert, parce que c'est lui mon amoureux idéal, ni Killie puisque c'est ma meilleure copine. Et je ne parlerai même pas de Mum et Daddy que je préfère empoisonner pacifiquement de mon « prodigieux » mépris. Non, si je n'avais pas mon petit carnet comme unique bouée de secours je crois que la honte[3] que j'éprouve devant un tel spectacle si tragique m'aurait déjà conduite au pire : donner raison à l'avocat du diable, au bon petit diable de juge en renonçant à mon ambition, à mon avenir.

Mais tant pis pour eux, je ne sacrifierai pas mon âme *makossa*, « Sacré Manu ! » en aurait trop de peine j'en suis sûre. Ce serait leur rendre à tous trop d'honneurs qu'ils ne méritent pas, excepté Killie dont je fais mon « joker ». J'ai la haine, c'est tout et je leur réserve le seul supplice qui me vient à l'idée dans un geste d'auguste clémence, car je les aime tous en vérité. Ce sera le supplice « de la page blanche » pour leur donner une chance de se racheter, si jamais ils devaient faire « amende honorable ». Je trouve l'expression très fair-play. Oh, un supplice tout simple, à partir d'aujourd'hui j'efface leur nom de mon petit carnet, je les raie de ma vie. Au fond, j'ai tous les droits sur le chemin de mes rêves.

12
Aller plus haut

6 septembre. Mon petit doigt me dit... que M. – c'est le moyen fair-play que j'ai trouvé pour effacer Mum de mon carnet – a certainement des talents de détective inavoués, car j'ai trouvé bizarre d'entendre *Allez plus haut* de Tina Aréna dans le salon le jour J de mon entrée en classe de quatrième. Les paroles d'*Allez plus haut* sentent comme un « mea culpa » qui ne dit pas son nom d'une maman ayant fouillé dans les affaires de sa grande fille et qui, sans l'avoir voulu le moins du monde – par le plus grand des hasards – est tombée sur son carnet de voyage. Seulement voilà, sa curiosité bien mal placée a été très mal récompensée quand elle a découvert l'état de mon désarroi sentimental. C'est peut-être pour ça qu'elle essaie le coup du message « subliminal ».

... Je n'ai pas su te dire je t'aime.
Seulement te garder
Il faut aussi dire ses doutes
Et les poser dans d'autres mains...

Ces paroles de Tina sont très « explicites », je ne suis pas dupe tout de même et si elle recommence elle sera bien attrapée quand elle lira ces lignes, car il n'est pas question que je lui confie mon désarroi sentimental.

13
La feuille de route passe-partout

Touchée, mais pas coulée en tout cas, car je n'arrête pas de ressentir les effets bénéfiques de ma prodigieuse formule einsteinienne ! Elle m'a naturellement indiqué le chemin à suivre pour surmonter l'âge « ingrat » de mon adolescence. Et je ne crois pas exagérer en employant un tel mot puisque je n'ai vraiment pas de chance en ce moment. En effet, je suis bien obligée de reprocher à M. et D. mon physique de sauterelle doublé d'une planche à laver alors que Killie commence à avoir des petits seins qui attirent forcément les garçons. Et ce n'est tout de même pas de ma faute si je dois encore endurer le poids exorbitant de l'hérédité familiale quand je vois dans quel état d'exaspération me mettent Roméo et Juliette, alias A. et Killie. Oui, mon amoureux inaccessible s'appelle A. je l'ai déjà dit – ce doit être encore le prénom d'un arrière-arrière-aïeul que ses parents ont tenu à lui donner parce que l'Histoire a besoin de repères, évidemment. Mais grâce à ma formule magique, je crois avoir résolu le problème. Si je ne veux pas que ma tête éclate, il me faut employer les grands moyens pour en extraire toute cette exaspération qui y macère quand on sait qu'elle flirte dangereusement avec la haine.

Ma résolution est donc prise pour l'année scolaire. Maintenant que je suis à jour dans mon carnet, que j'en ai enfin fini avec le récit de mes années « d'avant » quand je ne l'avais pas encore commencé, j'ai retrouvé du temps de libre et c'est déjà mon professeur de sport qui va être content.

Primo, je vais m'inscrire au club d'athlétisme pour y pratiquer le saut de haies, puisque M. m'invite par la voix de Tina à aller plus haut, je pense que c'est une excellente discipline sportive pour apprendre à y parvenir.

Secundo, j'enlève les boules Quies pendant les cours d'anglais pour décrocher le 20/20 avant la nouvelle année. Maintenant que Killie m'a dit que la mère d'A. était Anglaise, je vais peut-être finir par l'impressionner.

Enfin tertio, je ne touche à rien pour le moment concernant ma tenue « Barbara ». Ce n'est pas le moment de renoncer à ma concentration, car je suis encore loin de maîtriser la prose samouraï qui doit m'aider à gagner le combat du temps sur le chemin de cet avenir de rêve qui m'est promis. À croire à l'inverse que M. a délaissé pour de bon cette voie austère de la concentration, car son look *Pretty Woman* n'a pas changé depuis la mort du Président François. À moins que celle-ci lui ait fait perdre le chemin de ses rêves si elle s'était raccrochée à lui comme à un second père qu'elle avait encore perdu. Je ne peux pas dire, puisque M. n'a pas connu son père assez longtemps, elle doit être comme D., elle n'aurait pas la force d'en parler si je lui posais des questions.

Voilà, ma feuille de route pour cette année de quatrième me paraît « passe-partout », la clé de sauvegarde de mon avenir sentimental pour évacuer toute mon émotion du moment sous pression et m'éviter de perdre la tête pour un amour impossible. J'y ajouterai juste un point essentiel, celui de toujours garder à l'esprit la recherche du petit lézard rouge que je pourrais ajouter à mon carnet. Il n'y a pas de raison, je désire plus que jamais qu'il devienne une authentique œuvre d'art s'il n'est pas forcément beau.

14
Un trou noir fraternel

Le petit lézard rouge, c'est la première chose que j'ai trouvée, je crois. Enfin, c'est une simple idée qui m'a traversé l'esprit lorsque Killie m'a appris qu'elle ne comprenait pas. Cette année, elle n'avait que de mauvaises notes et ses parents menaçaient de la mettre dans « une école privée » si elle ne se ressaisissait pas. Je n'ai pas eu le temps d'en savoir plus parce que l'intercours était fini, mais cela a suffi pour que jaillisse une idée lumineuse[3] dans mon « univers contracté », ma petite tête. Et à ce moment-là, je me suis dit que j'avais bien fait d'inventer mon équation du siècle. Elle tombait à pic pour me tirer des pires situations comme maintenant en me permettant de toujours avoir du temps quand j'en avais besoin.

Et là, au vu de la situation d'extrême urgence que venait de me décrire Killie, j'ai trouvé la solution. Je suis prête à lâcher la main de mon carnet de voyage pendant toute l'année s'il le faut pour aider Killie à remonter la pente et retrouver la moyenne le plus tôt possible – et même une bonne moyenne – qui fera oublier l'école privée à ses parents. Je ne sais pas de quelle école il s'agit, mais je sais que si elle y allait je perdrais ma Killie inévitablement, et ça, je me battrai de toutes mes forces pour l'empêcher.

C'est dit ! J'introduis volontairement à cet endroit de mon récit « rêvé » un drôle de petit lézard rouge expérimental et vraiment cocasse. Celui-ci prend en vérité la forme d'un immense trou noir, tel qu'il en existe dans l'univers, qui va comme aspirer ma langue ! Mais un trou noir chargé d'une émotion rouge à la fois si intense et si délicieuse que je n'avais pas encore eu l'occasion d'éprouver à ce point. C'est comme si j'étais tout à coup amoureuse de Killie au point de renoncer même à mon avenir de grande artiste pour lui sauver la vie. Un amour plutôt platonique comme celui que j'éprouve encore pour A. dont j'ai juste envie que nous puissions déjà nous tenir simplement par la main. Un amour, comment dire, comme entre deux sœurs, c'est tout à fait ça : un amour « sororal ». Aussi je ferme ce jour sans la moindre amertume mon carnet pour un an s'il le faut pour voler au secours de Killie. Et cela va me permettre de le cacher déjà dans un endroit secret qui évitera à M. de commettre à nouveau un horrible péché de curiosité dont je ne suis pas sûre cette fois que Dieu, malgré son apparent fair-play, ne lui pardonne encore et encore. Il ne faut pas exagérer.

Rendez-vous l'an prochain, même jour, même heure, pour de nouvelles aventures inédites, promis, comme le veut la formule habituelle.

15
Une énigme absolue

Voilà, je me suis tue un an jour pour jour et tant pis si, comme je l'avais déjà écrit l'an dernier, ce trou noir devait signer la mort de mon ambition artistique. Et je serai encore plus intraitable en ne révélant rien aujourd'hui de toutes les confidences qu'a pu me faire Killie durant cette longue année harassante quand j'y repense. C'est qu'il nous a fallu livrer deux batailles en une – qui ne faisaient qu'une en quelque sorte, pour finir.

Oui, nous avons dû guerroyer sur deux fronts en même temps, car agir sur l'un avait immédiatement des conséquences sur l'autre. Et nous avons dû partager notre attention tout au long de l'année, en jetant déjà un œil sur les matières scolaires tout extérieures, celles dont le carnet de notes indiquait qu'elles étaient bien réelles, qu'elles appartenaient à l'univers d'Einstein, à notre bonne vieille terre. Mais sans jamais perdre de vue l'univers intérieur de Killie qui possède cette dimension imaginaire faisant défaut à celui d'Einstein, si bien que nombre de grandes personnes l'oublient aisément.

Et les parents de Killie l'avaient oublié, c'est normal, ils sont comme des milliers d'adultes sur terre. Quelles grandes personnes connaissent sérieusement l'existence des univers contractés et du *secret d'avril* qui les caractérise ? Lesquelles connaissent en vérité l'équation « puissance 3 » de leur énergie ? Alors la grande fille que je suis n'a pu que se montrer fair-play, « magnanime » à leur égard.

Après quoi, les mauvaises notes de Killie tenaient à un secret qu'elle m'a révélé et qui était lourd, si lourd d'émotion que celle-ci lui comprimait forcément la tête, ce qui l'empêchait tout bêtement de réfléchir, de penser. Voilà !

Et après, dès qu'elle a pu évacuer toute cette énergie « noire », son carnet de notes a repris de très bonnes couleurs.

Mais bon, cela n'a pas suffi et je dois dire que ses parents demeurent pour moi une énigme insoluble. Ont-ils été jaloux de ma présence assidue auprès d'elle qui leur volait la préférence ? Sont-ils persuadés que j'exerce une mauvaise influence sur Killie ?

À moins que… oui, en vérité j'ai ma petite idée, mais cela n'a pas d'importance puisque depuis la rentrée, Killie, avec son carnet de notes affichant une brillante moyenne générale de 15/20, est partie en troisième à l'école privée. Et j'en suis dévastée.

Aimer, c'est l'innocence éternelle,
Et l'unique innocence est de ne pas penser.

Ce doit être ça, les parents de Killie doivent avoir perdu leur innocence éternelle, chère au *Gardeur de troupeaux.*

24 septembre, le mandat présidentiel a été réduit à cinq ans. Les Français ont dit « oui » à soixante-treize pour cent. C'est drôle, M. ne m'en a pas parlé. Depuis la mort du Président François, elle ne parle plus de politique à la maison.

Au mois de novembre, j'ai entendu parler pour la première fois de ma vie de « la maladie de la vache folle » à la télé. Apparemment, le seul traitement consiste à tuer les animaux malades ; pas très rassurant.

J'ai besoin de m'ancrer dans la réalité brute pour oublier le départ de Killie, ne plus y penser, retourner à « l'innocence éternelle ».

16
Deux fleurs de cerisier

La nouvelle année s'annonce bien triste sans la présence de Killie et je ne sais pas, son départ a eu un effet incongru sur mon élan sentimental pour A., car il semble s'être rompu. Au bout de ce premier trimestre, A. me devient indifférent, même si lui ne s'en est pas aperçu bien entendu puisqu'il ne m'a jamais regardée. Mais ça ne fait rien puisque je crois avoir trouvé le clone de Killie au masculin et je l'aime comme si c'était mon frère.

D'ailleurs, je me suis fait la réflexion pendant le dernier cours de mathématiques qui m'ennuyait à mourir. Chérif et Killie sont finalement mes frère et sœur que j'aurais certainement eus si M. avait pu encore enfanter après moi. Car maintenant que j'y réfléchis je crois leur sincérité « inexistante », purement imaginaire, aussi blanche de pureté que ne l'était l'armure de mon bien-aimé *Agilulfe Edme Bertandinet des Guildivernes*. Une sincérité « immaculée, sans éraflure, impeccable », que je résume en un mot : la générosité. Et c'est sans doute pour cette raison que je me sens en parfaite sécurité avec eux. Quoi qu'ils fassent, je sais qu'ils ne me feront jamais de mal.

Chérif, je l'ai connu à l'athlétisme. Lui veut se spécialiser plus tard dans le 200 mètres et moi j'ai finalement choisi le 400 mètres haies. J'adore ses encouragements spontanés quand il me voit sur le stade, sans chercher le moins du monde à me séduire. Et je crois que mes sentiments sont les mêmes à son égard, une simple camaraderie sportive et rien d'autre. C'est l'amour de l'effort qui nous unit, nous ne faisons qu'un nous aussi et si je m'écoutais je passerais toute mon année scolaire sur le stade. Bien entendu, M. et D. s'étonnent en souriant de cette conversion aussi inattendue que passionnée.

« Tu vas finir dans l'équipe de France si tu continues comme ça ! »

Ils jubilent. Mais il ne faut rien exagérer et par contre j'ai lu que le prénom Chérif signifie « illustre » ou « noble » en arabe. C'est top ! Pourvu que je devienne une grande artiste pour ne pas décevoir de telles qualités « princières » !

À Noël, Mum et Daddy (je leur ai pardonné et j'abandonne le M. et D.) ont voulu rendre la gentille invitation de Killie de l'hiver dernier. Mais je suis partie seule au ski avec eux. Killie « ne pouvait pas venir » et les champs de neige m'ont paru moins blancs que l'année dernière. Seule consolation, j'ai fait des progrès à ski « prodigieux ».

Et voilà, ma discipline samouraï ne m'a accordé que ces deux fleurs de cerisier pour seuls trophées parmi mes premiers souvenirs du lycée à inscrire dans mon petit carnet. Car il est vrai que la route me paraît encore longue, interminable – je suis si impatiente – et il ne sert à rien de m'épuiser à barbouiller mon carnet d'encre noire. Et même rouge, ça ne changerait rien sinon à m'en montrer justement de manière encore plus aiguë la vanité, car c'est vrai qu'en ce moment j'éprouve un certain malaise.

C'est peut-être à cause de la lame froide et tranchante de l'ennui que j'ai sentie sur ma peau au moment de quitter le collège en sachant que Killie et moi allions de nouveau être séparées. Pointe de nostalgie ou la faute à cette époque bouleversée qui est la mienne et où tout change si vite ? J'ai peur tout à coup d'avoir encore grandi plus vite dans ma tête que les autres camarades de troisième, peur de m'égarer à nouveau dans ma vie, et je me pose sans cesse la question. Est-ce que cette histoire de carnet de voyage imaginaire n'était pas qu'un gentil petit jeu littéraire bien naïf qui aura gentiment bercé d'illusions la midinette que j'ai été ? Car après un trimestre à peine de lycée, il me paraît si enfantin, il n'y a pas d'autre mot. Et ça me donne la nausée.

« Hé la petite demoiselle, tu as déjà oublié la musique makossa de ton prénom ? Souviens-toi, *the beat goes on ! the beat goes on !* Réveille-toi la petite demoiselle, ce n'était qu'un mauvais rêve, allez ! »

Heureusement que « Sacré Manu ! » veille sur moi en ce moment avec sa belle grosse voix inoubliable. Sinon je crois bien que j'aurais déchiré mon petit carnet aujourd'hui parce que j'ai vraiment les nerfs. J'en veux terriblement aux parents de Killie.

17
La lâcheté dans l'âme

Dire que ma fureur d'hier a failli me pousser à détruire mon « chef-d'œuvre ». C'est vrai que je ne peux pas encore parler de mon carnet comme d'une *œuvre d'art* parce que je suis bien forcée de me rendre à l'évidence, j'ai beau chercher, croire que j'ai trouvé, rien n'y fait, mon petit lézard rouge court toujours en dehors de ces pages.

Mais bon, cette fureur n'a pas que du mauvais finalement, parce qu'elle m'a fait prendre conscience que je ne pouvais plus continuer à me laisser emporter de la sorte par mes émotions. Et que ce soient les parents de Killie ou d'autres personnes, y compris Mum et Daddy, si je ne me soigne pas rien n'empêchera une telle exaspération mélancolique de se reproduire, je commence à avoir l'habitude. Quand je suis trop énervée, j'ai toujours envie de vomir à cause de cet abattement qui s'empare soudain de moi.

Et je sais de quoi je serais même capable dans ces moments-là. Déchirer mon carnet ne serait encore pas trop grave. Je pourrais me résoudre à la mort fatale et convenue des tragédies classiques. Mais là, j'entends la petite voix intérieure de « Sacré Manu ! » qui me l'interdit. Elle me souffle que la vie est trop précieuse et qu'il faut laisser les héroïnes tragiques à leur destin littéraire, sans vouloir les imiter ; que de toute manière, la mort ne résout rien et qu'il faut au contraire se battre jusqu'au bout, chercher à aller voir ce qu'il y a de l'autre côté de la montagne. Ne jamais renoncer. Je crois me souvenir qu'il avait dit quelque chose comme ça dans l'émission *Taratata*. Mais qui sait si je ne pourrais pas par contre céder par désespoir à cet acte fatal, mais plus feutré, moins spectaculaire des tragi-comédies de la vie d'aujourd'hui ? Oui, qui sait si je ne pourrais pas devenir « lâche » par désespoir ? Une lâcheté qui tromperait déjà habilement mon âme *makossa*, puisque je resterais en vie après tout ? Il me suffirait de jouer avec les limites, comme je l'avais déjà fait avec mon ancienne maîtresse de CM1. Il me suffirait de rompre brutalement l'amitié qui me lie à Killie. Ne plus lui parler du jour au lendemain. Ce serait si simple après tout de l'oublier sur le chemin de mes rêves ; de poursuivre tranquillement mon voyage « initiatique » qui doit tout à la fin me révéler le secret de mon art, faire de moi une grande artiste, une star internationale…

En vérité, j'aurais « presque » tenu ma parole. Et je pourrais me contenter après tout de cet à-peu-près, de cet entre-deux bien commode pour réussir ma vie sans tout à fait donner raison à l'avocat de diable ; et sans tout à fait me donner tort puisque je n'aurais jamais menti à Killie avant de me séparer d'elle…

Mais bon, là je vais me calmer, car je m'aperçois de plus en plus que mes lendemains de mélancolie sont toujours pareils eux aussi, comme aujourd'hui. J'éprouve toujours un besoin fou de parler, parler, c'est tout à fait ça, je dois souffrir de « logorrhée ».

En tout cas, ma décision est prise, il faut que je me soigne une bonne fois pour toutes. Il faut que je me guérisse de ces accès d'humeur noire qui mettent mon ambition en danger et je vais commencer par relire tout ce que j'ai déjà écrit dans mon carnet, il faut que je revienne presque au début de ma vie au moment précis où Mum avait eu peur que quelque chose « cloche » dans ma tête. C'est elle qui avait raison. Il faut que je fasse sortir cette maladie de ma tête qui me met vraiment les nerfs à vif quand elle s'empare de moi.

Ce traitement que j'entreprends en ce jour du Nouvel An avec cette « lâcheté dans l'âme » risque de me prendre tout mon temps libre. Et ce sera sans doute la seule chose vraiment importante que je vais pouvoir sauver de l'oubli dans mon carnet pour le restant de l'année scolaire ; et encore, rien n'est sûr, car le traitement peut réserver des « complications » comme en avait connues Mum quand elle était allée à l'hôpital.

Mais je dois avouer qu'avec *Les folies d'Espagne* de Jordi Savall – *Folías de España* – « La Rêveuse » dans les oreilles, ne remercierai-je jamais assez France Musique pour ces instants « Dédaine », j'aborde soudain ce retour vers mon passé tout à la fois apaisée et des plus résolues.

18
Un viol identitaire qui fait du mal aux enfants

Je dois supposer que vous savez que « la psychanalyse » *est un procédé de traitement médical de personnes atteintes de maladies nerveuses.*

Quel sésame ! Je ne pouvais pas encore une fois espérer mieux. Et fait exprès, je n'ai pas eu à le chercher très loin, car je l'ai découvert bien entendu dans le bureau de Daddy après une petite recherche sur Internet.

Il m'a suffi de taper *l'inconscient* – ce fameux vieil oncle de la famille – sur mon nouvel ordinateur, l'iMac que Mum et Daddy m'ont offert pour fêter mon entrée « fracassante » au lycée. J'avais tout de même terminé l'année au collège avec un 19/20 de moyenne en sport, même si les autres notes avaient bizarrement (!) stagné dans les eaux troubles de la moyenne.

Et miracle ! J'ai finalement trouvé un livre d'introduction à *ce procédé de traitement médical* assez spécial pour attiser ma curiosité puisque celui-ci prend à contrepied les autres branches de la médecine qui soignent elles aussi les maladies nerveuses. Et j'ai tout de suite compris ce que le docteur Freud voulait dire par là. Il voulait parler sans doute des médicaments que le vieux spécialiste avait donnés à Mum quand elle avait été neurasthénique.

Eh bien, avec la psychanalyse plus de médicaments, *elle ne comporte qu'un échange de paroles entre le malade,* le docteur Freud l'appelle « l'analysé », mais en fait les deux mots ne font qu'un, et le médecin.

Et la première chose importante que j'ai apprise, c'est que j'étais « une névrotique ». C'est comme ça qu'il appelait ses malades.

C'est vrai que j'ai complètement oublié de dire que ce docteur est mort depuis fort longtemps et qu'il ne traite donc plus personne avec sa nouvelle méthode qui ne l'est plus non plus évidemment.

Et après, ma curiosité a redoublé à cause *des difficultés de la méthode* que le docteur trouvait important de ne pas cacher au malade, contrairement à ce qui se passe « dans les autres branches de la médecine » ; le docteur Freud parlait comme ça. C'est vrai que j'avais souvent remarqué que les docteurs avaient l'habitude de dire à Mum ou à Daddy qu'il n'y avait pas de quoi s'alarmer.

Mais avec le docteur Freud, ça changeait de note !

C'était une méthode qui exigeait *des efforts et des sacrifices* et tout ça sans être sûr du résultat parce qu'il ne pouvait rien promettre. Tout dépendait du malade, *de son intelligence, de son obéissance et de sa patience.*

Du coup, cette histoire de psychanalyse commençait vraiment à m'intéresser parce que c'était comme un jeu de piste pour les grands, comme un labyrinthe dont la porte de sortie devait être hyperdifficile à trouver. Et ça devenait passionnant surtout que je partais avec un gros handicap sur les épaules, le genre tortue géante égarée dans une compétition de 100 mètres chrono.

Déjà, mon intelligence « prodigieuse » n'était pas vraiment adaptée à ce genre de traitement « désuet », d'un autre temps. Même s'il me paraissait au contraire idéal pour traiter ma maladie qui était parfaitement désuète, elle aussi, puisqu'elle datait du temps où je lisais encore *L'imagier du Père Castor*. C'est dire !

Puis il y avait aussi cette question d'obéissance. Je ne voyais pas bien de quoi il voulait parler, mais je savais qu'elle n'était pas toujours ma qualité la plus saisissante. J'aimais bien désobéir de temps à autre au fond des salles de cours. L'anecdote ancienne du jugement de Salomon était d'ailleurs là pour me le rappeler, même si j'avais tendance à me faire passer pour une grande fille « modèle ».

Mais il y avait surtout cette question de patience qui était pour le coup mon plus gros handicap. Parce que Mum et Daddy me le disaient souvent tout de même. « Toi et la patience ça fait deux ! » Mais ils le disaient d'une certaine manière et il fallait comprendre que le « deux » était en fait un deux^3 – deux puissance 3. Et encore, je pense qu'ils ne se rendaient pas compte de la véritable distance qui me séparait de la patience sans doute plus proche de l'AL – l'année-lumière, environ 10^{13} km !

Autant dire que si je sortais guérie de cette méthode de traitement psychanalytique, je n'aurais sans doute plus de névrose de ma vie et je pouvais dire enfin adieu à mes mélancolies « noires[13] ».

Et maintenant que je m'en suis sortie, inutile de prolonger le suspense insoutenable auquel je fus néanmoins soumise durant toute la durée de ce traitement de choc. Je peux avouer que le docteur Freud ne m'avait pas menti, il avait tenu parole avec moi. C'est vrai, pour commencer il m'avait fallu lire à reculons toutes les pages de mon carnet dont j'avais déjà oublié le contenu précis. Et je lis très lentement à reculons, car j'ai horreur de revenir en arrière dans ma vie.

Mais il m'avait encore fallu « ingurgiter » jusqu'à la pire des indigestions les quelque quatre cent quarante pages de son « livre d'introduction » écrites en tout petits caractères. Ce qui se révéla une épreuve déterminante pour mon impatience qui faillit me faire plus de mille fois jeter le livre à la poubelle. Et heureusement que c'était celui de Daddy, car sinon je crois bien que je l'aurais fait.

Puis, il y avait encore eu ces mots « obscènes » pour mes chastes oreilles de grande fille et néanmoins si jeune, car « Il faut bien appeler un chat un chat », comme disait Mum en parlant de ma vulve. C'est que j'y ai découvert tout de même « la vie sexuelle de l'homme » en des termes bruts, totalement inconnus. Il y avait eu en particulier ce chapitre, « Développement de la libido et organisations sexuelles », qui se promettait de me convaincre *de l'importance des perversions pour notre conception de la* sexualité ; autrement dit le rôle immense que jouaient les perversions dans ma propre sexualité. En effet, j'ignorais tout du terrible complexe d'Œdipe qui n'avait plus rien à voir avec l'innocence et la fleur de piété de Killie.

Aussi bien, combien de fois il m'avait fallu désobéir en cachette, éloigner mon regard de cette réalité crue que le docteur Freud jetait en pâture dans son livre. Même si mes yeux « pervers » revenaient toujours à cette légende grecque dont le héros était *voué* par le destin, encore lui, *à tuer son père et à épouser sa mère.*

Deux crimes qui lui avaient été prédits et qu'il avait commis sans le savoir. Deux crimes qui n'étaient qu'un *agrandissement, un grossissement* de *la haine pour le père* que tout enfant pouvait éprouver, *le souhait même de le voir mourir* ; et à l'inverse, *de la tendresse* qu'il pouvait non moins éprouver *pour la mère dans le but avoué de la posséder comme épouse.*

J'avais beau relire, je ne parvenais pas à comprendre.

Après, j'avais été comme le docteur Freud me l'avait annoncé : dans l'incertitude la plus complète quant au résultat qu'allait avoir une telle lecture assommante sur mon intelligence « prodigieuse »... mais tout à fait normale. Et je crois que l'énigme de ma vie s'était dénouée dans les cinq dernières minutes, comme dans les films, les « thrillers » haletants dans lesquels il est presque impossible de prévoir la fin avant de l'avoir vue !

En vérité, à bien y regarder, j'avais par trois fois commis de petits actes manqués, des « lapsus » si on préfère. Si petits qu'ils en étaient passés inaperçus aux oreilles de Mum, de Daddy et à celles de mon docteur en chemisettes bleues. Pourtant, par trois fois, j'avais bien répété des mots que j'avais pu entendre dans le ventre de Mum pourquoi pas – avec toute la musique qu'elle m'avait fait écouter quand j'y étais et qui devait favoriser mon développement cérébral et ma mémoire. J'avais bien dit dans l'ordre « hippocampe, amygdale et l'inconscient ».

Ce qui en langage psychanalytique bien entendu ignoré de Mum, de Daddy et de mon docteur – le docteur Freud était déjà mort il y avait si longtemps – avait un sens. Un sens très précis. Cela voulait dire clairement à mes apprentis-sorciers de parents que je venais de m'apercevoir que Daddy avait triché de la plus belle manière au jeu des prénoms. Il m'avait donné en apparence un prénom de fille, mais cette histoire démontrait pour un esprit averti qu'Adela Velarde Pérez n'avait été en vérité qu'un garçon manqué. Le garçon que Daddy avait tant rêvé que je sois et auquel il avait continué à rêver après ma naissance malgré la présence criante de mon innocence, de ma fleur de piété.

Dire que Daddy croyait pourtant avoir triomphé de la préférence sexuelle avec son principe d'égalité ! Lui qui n'avait en réalité que poursuivi son rêve. Ce rêve fou qui n'avait fait que nier ma véritable « organisation sexuelle », mon « identité sexuelle » en quelque sorte. Et nier l'identité sexuelle de son enfant, c'est difficile à dire, mais pour moi, lorsque Daddy me regardait, je sentais qu'il ne regardait pas la petite fille que j'étais, mais le petit garçon qu'il aurait tant aimé avoir. Il avait raison Daddy, « l'inconscient » est un drôle de coco, se méfie-t-on jamais assez de lui ?

Enfin, il est sûr que le docteur Freud aurait certainement qualifié de « perverse » la façon de voir de Daddy, car elle l'était.

C'est une forme de viol, disons « identitaire », le viol « indice i », un acte hélas « imaginaire » puisque tout se passe dans la tête, enfin dans le regard. De là, qu'il est difficile pour un enfant de « dénoncer » sa souffrance puisque c'est trop difficile à expliquer, à prouver ces choses-là quand on n'a pas lu le docteur Freud.

C'est sans doute pour cette raison que ma névrose a duré. Personne ne la « voyait » en vérité. Et moi, pendant ce temps, je me débattais avec ce « conflit imaginaire » qui me plongeait dans la mélancolie, une rage, l'impatience la plus noire lorsqu'il devenait trop aigu. Il y avait déjà cette envie folle de faire plaisir à Daddy en me « grimant » en garçon, car je devinais « inconsciemment » qu'il ne m'aimait pas, qu'il ne me reconnaissait pas en fille. Et à l'inverse, je sentais grandir en moi ce besoin puissant d'épanouir ma féminité. Un besoin qui se faisait de plus en plus pressant au fur et à mesure que je grandissais et pratiquais l'athlétisme.

Et le plus curieux en cette histoire, c'est que je croyais de bonne foi avoir choisi ma tenue de combat *look Barbara* $E_i = mc^3$ pour une noble cause. C'est cela l'inconscient. Je rêvais à la grande artiste que je voulais devenir alors que j'ignorais qu'au fond de moi je ne cherchais qu'à plaire encore et encore à Daddy. Et ma silhouette « androgyne » ne servait qu'à ça. Lui laisser croire encore et encore que je pouvais être un garçon, sans forme, sans couleur, sans éclat féminin afin d'entretenir le rêve insensé qui l'habitait.

Une drôle d'histoire que cette névrose identitaire, si simple à comprendre une fois qu'on la connaissait ! Et dire que sans le docteur Freud je ne l'aurais jamais sue.

Mais je m'en étais sortie, c'était le plus important. Et maintenant, je n'allais pouvoir que constater les effets bénéfiques de ce bien étrange traitement d'un autre âge, de cette « cure analytique », comme l'appelait le docteur Freud. Si toutefois j'avais fait tout ce qu'il fallait pour que « ça marche ».

19
L'effet méconnu de la psychanalyse ?

En vérité, je m'étais complètement trompée dans mes prévisions beaucoup trop optimistes et ma cure a duré pratiquement un an au lieu des six mois escomptés. Il faut croire que ma névrose était des plus « coriaces » et que j'ai fait beaucoup de « résistance » pendant le traitement. Ce qui ne veut pas dire pour autant que je ne suis pas normale, car le docteur Freud l'avait écrit dans son livre.

Tous les malades ont cette même réaction, « quand on se charge de les guérir, de les débarrasser de leurs symptômes *morbides*, ils opposent une résistance violente, opiniâtre qui se maintient pendant toute la durée du traitement ».

Je ne vais donc pas me plaindre, sacrifier une année de ma vie pour me guérir d'une névrose qui contrariait mes désirs depuis toutes ces années, « le jeu en valait la chandelle » et je m'estime heureuse. Même si de l'hippocampe ou de l'amygdale, savoir où se loge l'inconscient dans mon cerveau, le docteur Freud ne m'a pas donné la réponse. Mais j'ai peut-être été un peu distraite dans ma lecture.

En tout cas, je crois que je suis vraiment guérie maintenant. Et si j'ai gardé ma tenue de combat passe-partout, informe, « ma chrysalide » jusqu'au mois de juin, jusqu'à mon anniversaire, j'ai tout de même décidé, après Mum, de changer moi aussi radicalement de look aux premières heures de l'été. Et je dois dire que j'ai vécu de la sorte le plus bel anniversaire de ma vie. J'ai pu assister aussi ingénue qu'une oie blanche à ma propre mue imaginale. J'ai assisté à la propre éclosion de mon corps en fleur de cerisier tardive. Et le noir d'hier est devenu le blanc immaculé d'un chemisier échancré qui découvre enfin les formes généreuses d'une poitrine « juste ce qu'il faut », bien formée. Sans oublier le short blanc lui aussi, *sportswear*, qui découvre mes jambes « de gazelle », comme les appelle Chérif quand il me voit courir au stade dans des temps qui rivalisent désormais avec ses performances. C'est vrai que l'athlétisme m'a sculpté en secret, bien avant que j'abandonne mon look Barbara, un corps de sportive sexy, féminin « en diable » ! Et j'ai été si heureuse d'entendre la réflexion de Mum qui s'était montrée tout de même complice de ma métamorphose en ayant accepté de faire les boutiques avec moi.

« Tu es si belle ma fille que tu me donnes les larmes aux yeux. Tu me pardonnes, dis, je suis si fière de toi. »

Et Daddy lui aussi, puisque Mum et lui ne forment qu'un, ne pouvait pas être moins fier de moi. Même s'il me l'exprima d'une autre manière, plutôt sous forme d'une crainte sourde exprimée sur un ton faussement enjoué, car j'ai bien senti que son regard avait changé. Il semblait un peu perdu comme on peut l'être le jour où tout à coup on ne croit plus au père Noël.

« Tu es si belle que je vais trembler maintenant à chaque instant avec tous les garçons qui vont te tourner autour ! »

Mais ma guérison ne s'est pas manifestée seulement par cette mue « matérielle », bien visible, tout extérieure, mais par une mue intérieure, désormais si simple à définir, « une mue identitaire ».

Et je me suis sentie si grande tout à coup, comme si tout s'était encore accéléré dans ma tête et que je n'étais plus une grande fille, mais une jeune lycéenne d'aujourd'hui. La nuance a toute son importance. Et cette lycéenne regardait avec amusement, avec une pointe de nostalgie, tout ce que son imagination avait inventé durant toutes ces années pour colorer sa vie, cette ambition démesurée, ce rêve de star tout enrobé de poésie, de sincérité de gamine.

Pensez ! cette histoire de mensonges de libellule ! Tous ces sésames providentiels plus farfelus les uns que les autres qui devaient m'ouvrir autant de portes sur le chemin de mes rêves. Des portes qui dissimulaient des trésors toujours plus fabuleux les uns que les autres, jusqu'aux derniers d'entre eux, cette équation digne d'Einstein ou encore cette cure analytique qui devait à jamais me guérir de la mélancolie, de « la lâcheté dans l'âme ».

Oui, tout cela m'apparaissait désormais plus qu'un beau rêve d'enfant qu'il fallait enjamber pour devenir cette jeune lycéenne épanouie, si libre de désirs désormais plus sérieux et qui appelle les choses de manière plus adulte. Et c'est comme ça que j'ai annoncé à Mum et à Daddy tout à trac, le dernier jour de ma classe de seconde, que je savais maintenant ce que je voulais faire.

« Je voudrais devenir diplomate ou romancière, qu'en pensez-vous mes chers parents ?

— Si tu choisis la voie de la diplomatie, là je pourrai toujours t'aider, s'est empressé de dire Daddy que je devinais soudain si fier de moi dans la voix et surtout le regard pour la première fois.

— Romancière pourquoi pas ma chérie, maintenant que tu m'as fait construire un pigeonnier fait maison dans Les Choux, je crois sincèrement que tu pourras exercer tous les métiers du monde. »

Mum qui m'avait tant habituée à ses débordements d'émotions, ses transports lyriques, voilà qu'elle m'avait dit des choses toutes simples, mais qui parlaient vraiment à mon imagination et à mon émotion.

Mum et Daddy venaient de me livrer, je crois, le plus beau jugement de Salomon que des parents puissent rendre face à cette grave question de l'avenir qui balançait encore en moi. Après quoi, j'ai tranché en suivant la voie sérieuse de la raison. Puisque je l'ai déjà dit, tout venait de s'accélérer si vite dans ma tête, merci docteur Freud. Et je m'en suis expliquée pour ne pas avoir à le regretter plus tard.

« Après tout, j'ai le temps de devenir romancière. Mais si je rate ma première et ma terminale, je ne pourrai plus jamais devenir diplomate. Et ce serait dommage, vous ne croyez pas ? Alors promis, je pense ne pas vous décevoir au bac mes petits parents chéris. »

Et je me suis jetée dans leur bras comme une gamine l'aurait fait, car maintenant je savais bien qu'être sérieuse ne m'empêchait nullement d'être une « enfant » affectueuse puisque je me sentais bien dans mes baskets.

De toute façon, je suis sûre d'une chose, en choisissant la voie de la diplomatie ou de la littérature je ne trahirai nullement tout ce que j'ai déjà écrit dans mon carnet de voyage imaginaire. Je tiendrai toujours parole. Après tout si Daddy avait parlé de maladie diplomatique, qui n'était autre qu'une « fausse » maladie pour échapper à une obligation, je me doutais bien que les diplomates savaient mentir juste ce qu'il faut pour régler des problèmes « sans violence », pacifiquement entre des personnes, des nations. Et « mentir juste ce qu'il faut pour préserver la paix dans le monde » c'était ni plus ni moins la définition *imaginale* du « mensonge de libellule ». De sorte qu'en devenant diplomate, je deviendrai toujours une reine des menteuses, même si je n'étais plus aussi sûre maintenant de pouvoir devenir la plus grande d'entre elles.

Et si je regarde maintenant du côté des romancières, je m'aperçois sans plus de peine que ce métier, cet art consiste lui aussi à raconter de belles histoires... imaginaires qui prennent beaucoup de liberté avec la vérité. Mais toujours pour une noble cause, bien sûr : éviter la violence, celle de l'ennui, celle d'une vie privée du plaisir de rêver. Autant dire que les romancières doivent passer leur temps à écrire des carnets de voyage imaginaires pour inciter leurs lectrices et leurs lecteurs à ouvrir une porte sur le chemin de leurs rêves.

Je n'ai par conséquent rien à craindre. Que je fasse diplomate ou romancière je ne renierai pas ma parole et je réaliserai en vérité mon rêve d'enfant qui m'était le plus cher, et sans jamais perdre ma Killie en chemin.

Et « Tout est bien qui se terminera bien ! »

20
Dis-moi, c'est quoi des yeux d'enfants ?

Après, tout a recommencé n'est-ce pas comme avant, *the beat goes on*, « Sacré Manu ! », enfin presque, avec une pointe d'improvisation *makossa* parce que Daddy pour une fois ne pouvait plus attendre. Il désirait à tout prix fêter l'éclosion de cette fleur de cerisier que j'étais devenue. *Là, spontanément, sans réfléchir, sans l'écran de la pensée qui vienne y faire obstacle, puisque « l'unique innocence est de ne pas penser »*, c'est le gardeur de troupeaux qui l'a dit. Une fête qui devait à ses yeux traduire « prodigieusement », sans attendre, le fruit de tout l'amour qu'un père et qu'une mère peuvent offrir à une enfant devenue l'être de tous les êtres, tant espéré. Quels mots ne seraient jamais assez beaux pour traduire la perfection de la beauté ou l'inverse ? Mais cela n'avait plus d'importance à ses yeux redevenus des yeux d'enfants, *légers, légers, très légers, comme le vent très léger passe et s'en va, toujours très léger ; des yeux qui ne savent pas, eux, ce qu'ils pensent ni ne cherchent à le savoir…* Des yeux débordant tout simplement de générosité.

Il n'y avait donc plus qu'une direction à prendre, la Corse. Jamais l'île de Beauté n'avait si bien porté son nom. Et il fallait prévenir Killie sans tarder, lui demander si elle voulait venir avec nous puisque c'était toujours ma meilleure copine, même si ses parents ne voulaient plus qu'il en soit ainsi.

Et aux premiers jours de l'été, Daddy m'avait enfin montré ce fil dont il m'avait tant parlé, cette ligne d'horizon qui devait m'enraciner dans l'humanité. Et là, face à la mer, à fleur d'eau sur le sable chaud de la baie de *San Ciprianu*, je l'avais vue et j'avais enfin perçu sa vraie couleur, semblable aux lèvres de Mum. Ce rouge intense à l'endroit où le ciel pur, légèrement rosé par la promesse de soleil qu'il porte au point du jour, vient s'unir en silence au miroir d'une mer étale qui peine à sortir de son sommeil et à ne former qu'un à leur point de rencontre : un mince fil tendu entre deux univers dont il nous faut imaginer la couleur, ce rouge imaginaire, un rouge d'outre-mer.

Et à cet instant, j'ai pensé à Killie qui, une nouvelle fois, n'avait pu partager ce voyage avec moi. J'ai pensé à Chérif qui devait à cette heure avoir rejoint l'Algérie où il part chaque été et Barbara a fredonné soudain à mes oreilles :

« Dis, quand reviendras-tu ? Dis, au moins le sais-tu ? »

Il n'y avait rien à dire, juste à écouter la douce sonorité de cette ligne rouge imaginaire qui d'un seul trait m'invitait sans violence à me rendre, disons, à évidence : Mum et Daddy avaient bien fait de croquer la pomme cette année-là !

21
Une ultime résistance

Puis l'orage est arrivé brutalement, en fin d'été, parce que Daddy n'avait pas supporté tant de beauté si soudaine. Comme on dit simplement dans ces cas-là « J'y crois pas ! »

Une fleur de cerisier, un prodige, une fleur c'était ça, une fleur de cerisier suffisait pour incarner le symbole de l'invincibilité : la force suprême ?

Quelle force « prodigieuse » que cette force-là qui n'a plus besoin d'armes qui tuent pour forcer le respect, devenir indomptable !

Ainsi de simples mots peuvent suffire, un échange de paroles pareil à celui d'une psychanalyse, pour triompher de la violence aveugle, pour triompher du mal, des idées noires qui n'arrêtent pas de tourner parfois dans la tête de l'humanité ?

Ça, décidément, Daddy n'en revenait pas, il ne parvenait pas à le croire. Et il a eu besoin de « se pincer » comme on dit pour s'en convaincre, de souffrir en quelque sorte pour être sûr qu'il n'avait pas rêvé.

Se pincer ? Se venger ? Ces deux mots n'ont fait plus qu'un tout à coup dans sa tête. Il devait se venger à tout prix, « tout casser ».

Mais se venger de qui ? De quoi ?

Et j'ai dû appeler en urgence le docteur Freud. Comme j'avais bien fait de sacrifier une année dans ma vie à m'instruire auprès de lui des mystères de l'esprit, de l'importance des perversions qui guettent l'humanité et dont il me fallait guérir Daddy sans tarder. Car j'en étais sûre, il allait détruire en un instant, comme ces enfants qui barbouillent soudain de noir le beau dessin qu'ils viennent de réaliser, cette belle fleur de cerisier qu'il avait mis tant d'années avec Mum à faire éclore.

Encore une fois, c'était encore tout simple quand on savait la vérité. Il fallait connaître ce genre de perversion la plus « noire », cette résistance ultime, il fallait tout savoir à propos de ce drôle de mécanisme qui pouvait « tourner en rond » dans notre tête.

En vérité, Daddy avait voulu se venger de celle qu'il aimait le plus au monde, de Mum pardi, puisqu'il ne formait qu'un avec elle.

Mais pourquoi se venger puisque son rêve le plus cher s'était réalisé ?

Enfin presque ! Son rêve s'était « presque » réalisé, puisque Daddy avait rêvé que Mum mette au monde un garçon. Elle avait donc trahi son désir « inconscient », ce vieux désir « archaïque », ce vieux « démon » dont sa famille avait peut-être hérité du temps d'Hérode et capable de manipuler les esprits les plus avertis, même ceux réputés « diplomates ».

Et Daddy, sans réfléchir, s'était vengé de la plus bête des façons, sans le savoir. Juste pour voir souffrir Mum, la blesser dans ce que l'être humain a de plus précieux en lui au point qu'il en mourrait pour le défendre. Je veux parler ici de son panache blanc, iridescent sans doute : son amour-propre.

Il l'avait trompée pour la première fois de sa vie.

Et après ?

Quelle question ! Mum ne pouvait que défendre elle aussi son amour-propre de la plus belle des façons. La riposte avait été « pyramidale » évidemment, au point qu'elle s'en était étonnée elle-même. Une riposte qui l'avait « littéralement subjuguée », il fallait la comprendre, puisqu'elle avait toujours dit à Daddy qu'il serait le seul homme de sa vie.

Elle l'avait donc trompé elle aussi. C'était « le coup de pied de la bergère au berger » pour une fois, allez hop la formule à l'envers et après coup Mum et Daddy ne savaient plus comment se sortir de cette impasse.

Les papiers du divorce avaient fini par se trouver sur la table du salon, prêts à être signés. Bien entendu, Mum et Daddy avaient attendu ce moment-là avant de se résigner à m'en parler. Et moi j'ai réagi à mon tour sans réfléchir, tout aussi bêtement qu'eux, car j'étais « hors de moi ». La fleur de cerisier guérie de sa névrose avait prononcé des mots à leur flanquer la chair de poule s'ils ne l'avaient jamais eue, parce que ce n'était pas possible une chose pareille :

« Je vous préviens, le premier qui signe ces papiers je le tue, vous m'entendez ! »

Et j'avais au même instant planté de toutes mes forces dans la table en poirier du salon la pièce maîtresse que j'avais trouvée dans la cuisine, l'énorme couteau « du chef » dont Mum se servait pour trancher et détailler la viande.

Mais enfin, comment deux êtres qui ne formaient qu'un pouvaient-ils se lâcher la main ? Comment l'un et l'autre pouvaient-ils trahir cette idée prodigieuse que je me faisais de l'amour ? La seule idée que puisse avoir une gardeuse de troupeaux « avertie » : je n'imaginais pas que l'amour entre Mum et Daddy puisse être autre chose que *l'innocence éternelle*. Un amour qui se moque de tous ces adultes qui ne croient plus que l'amour-cygne entre deux êtres humains soit possible ; qui oublient que l'amour sans amour-propre, ce n'est plus de l'amour.

Et après ?

Je crois bien qu'à cet instant justement Mum et Daddy avaient compris « en même temps » que j'aurais été capable de passer à l'acte. Et c'est Mum qui la première avait saisi les papiers du divorce et les avaient déchirés sous mes yeux. Et Daddy s'était tu.

Chacun avait voulu blesser l'autre, c'était fait, leurs tromperies de libellule, allez, l'affaire était classée.

22
Et après le jour de gloire est arrivé

Puis décembre s'est enveloppé de froid et j'étais naturellement curieuse des « grosses surprises » qu'il allait bien pouvoir me réserver cette année. Noël était si proche et, depuis que Mum était allée à l'hôpital, je ne pouvais m'empêcher de repenser à cette grosse surprise que Daddy nous avait annoncée cette année-là. Cette surprise « supersonique », New York, l'Amérique en moins de quatre heures grâce au Concorde et à son bec d'oiseau.

New York et son « Carnegie Hall » que je n'avais toujours pas vu.

Tout était planifié. Mum et Daddy partiraient seuls aux sports d'hiver pendant les vacances scolaires puisque je voulais réviser, mettre toutes les chances de mon côté pour « le bac » afin de ne pas les décevoir. Mais ils reviendraient le 1er janvier, c'était dit, pour fêter le Nouvel An comme chaque année.

Et la première semaine, tout s'était bien passé. Telle une oursonne dans sa caverne, les écouteurs à nouveau vissés sur les oreilles, France Musique coulait à flots, et « ma foi » ma mémoire avait été au paradis pour stocker tranquillement tout ce qui pouvait y entrer.

Mais le premier samedi, tout à coup, Killie m'avait appelée. Nous nous téléphonions toujours le samedi, mais là elle semblait affolée. Elle voulait venir me voir, il fallait qu'elle me parle.

Et c'est comme ça qu'elle avait déboulé, il n'y avait pas d'autre mot, une boule de sincérité, de fébrilité. Elle n'était pas entrée qu'elle m'avait brusquement demandé sans rien m'expliquer :

« Dis-moi que tu m'aimes, toi, dis-le-moi, je t'en supplie.

— Mais bien sûr que je t'aime Killie, je te l'ai toujours dit. »

Et je ne savais plus comment le lui dire, puisque j'avais beau le lui répéter encore et encore elle ne parvenait pas à s'en convaincre, je la sentais réellement habitée par la peur d'être abandonnée. Pourquoi ? Je n'en savais rien, elle n'arrivait pas à l'exprimer.

Alors je n'avais pas d'autre solution que celle de me faire une nouvelle fois gardeuse de troupeaux. Cet amour sincère qu'elle me demandait, cette reconnaissance infinie dont elle avait besoin, c'était parce qu'elle était blessée à mort dans son amour-propre ? Je l'ai supposé, toujours la même histoire qui avait tendance à se répéter. Et ce qu'elle implorait, j'ai voulu le lui offrir comme elle me l'avait offert un jour d'été dans Les Choux.

Je lui ai dit « Viens, calme-toi, viens dans ma chambre, allonge-toi et ferme tes yeux très forts. » Pendant ce temps, j'ai mis en boucle *Wind Of Change* du groupe Scorpion dans le salon – à fond : *Follow the Moskva Down to Gorky Park Listening to the wind of change An August summer…*

Et le reste s'est fait sans paroles. J'ai libéré son innocence et j'ai cueilli sa fleur de piété délicatement entre mes doigts, jusqu'à ce que *sa robe de pourpre au Soleil Et son teint au vostre pareil* libère enfin son doux parfum sur le grain de sa peau, cette délicate « chair de rose » que mes doigts ont sentie sur ses cuisses, « le désir sans pensée » de mon amie Killie.

Et lorsqu'elle est partie, elle m'a embrassée sur la bouche, juste un petit baiser à la sauvette pour me remercier, comme pour s'excuser et j'ai eu peur, un douloureux pressentiment : la certitude que notre amitié avait vécu et que je ne la reverrais plus jamais.

Puis le second samedi, sans prévenir parce qu'avec lui c'est peut-être toujours comme ça, « le jour de gloire est arrivé ». Comme Mum et Daddy s'y étaient risqués il y a très longtemps, j'ai fait à mon tour mon premier pied de nez. Moi aussi j'ai voulu rejouer ce jour-là les origines de l'humanité. Décidément, rien ne semblait devoir jamais vraiment changer, l'Histoire allait bégayer, se répéter comme toujours. Et je crois que c'est contre cette fatalité que je me suis révoltée. Oui, j'ai fait un pied de nez au ministère de Daddy, son sacro-saint ministère des Affaires étrangères. Je ne voulais pas entendre sa voix, celle de son « héraut » du jour, son porte-parole en tenue de croque-mort lui aussi, ce devait être « le look diplomate », indémodable.

« Mademoiselle Leenaert ? Je me présente, Maître Bahwani, je viens de la part d…

— Désolée monsieur, enfin Maître, mais je vous trouve trop petit à mon goût.

— Soit, mademoiselle L…

— Imaginez, je ne pourrais jamais porter de talons hauts à vos côtés, j'aurais trop peur de la faute de goût en vous mangeant la soupe sur la tête.

— Soit, mademoisel…

— Votre peau foncée, c'est parce que vous êtes hindou n'est-ce pas ?

— Oui mademoiselle, je vous en prie, il faut que nous parlions vous et moi.

— Ah c'est pour ça, mais je cherche toujours un petit lézard rouge, est-ce que vous l'auriez trouvé en chemin ?

— Un petit lézard rouge ? Non, je ne crois pas, mais n'ayez pas peur, je suis là pour vous aider à le retrouver, c'est promis, je peux entrer ? »

Mais non, le laisser entrer, je n'en voyais pas la raison au moment où je cherchais à rassembler ma prose samouraï, du moins le peu qu'il en restait puisque c'était elle, puisque c'était lui et qu'aujourd'hui ils m'avaient bel et bien abandonnée pour toujours sur le pas de cette porte ouverte où se tenait maître Bahwani. Sans doute un avocat du ministère, ou j'avais mal compris, chargé de m'apprendre ce que j'avais déjà deviné et que je refusais d'entendre, même s'il m'avait promis de m'aider à retrouver mon petit lézard rouge. J'aurais juste aimé qu'il se taise et me tende la main.

Mum et Daddy
qui du sommeil
du gel et sa morsure
un accident là où ils ont disparu
la nuit tombe sur les cerisiers
ils sont morts à trois heures
pourquoi donc dois-je vivre ?
1er janvier

Épilogue

1
Trois règles de survie

Le jour d'après, faire quoi ? J'avais d'instinct cherché à me raccrocher à la vie. Daddy avait raison, aurait toujours raison, l'Histoire avait besoin de se répéter quelquefois parce que l'humanité a besoin de repères. Sauf que ce 2 janvier, j'avais beau m'appliquer, tout ne recommençait plus comme avant parce qu'il n'y avait plus d'après possible dans mes jours le lendemain de l'accident. Oui plus d'après, plus d'avant, plus qu'un éternel jour présent, sans perspective, sans profondeur, sans saveur. Plus le goût de vivre quoi, c'était comme ça.

Et maître Bahwani était là, campant dans ma vie depuis la veille, tel un Noé sans âge revenu du Déluge pour en affronter un autre, le mien, et tenter de sauver ce qu'il pouvait sauver de ma tête en « charpie », déchiquetée par le souffle d'une explosion inouïe.

Alors je ne sais pas, le premier souci qui m'est venu à l'esprit, c'est drôle, s'est attaché à un petit détail de ma vie qui devenait tout à coup toute ma vie, tout ce qui me restait de mon passé – mon carnet de voyage imaginaire.

Ce besoin impérieux que j'ai eu de le mettre en sécurité bien au-dessus des eaux. J'ai demandé à maître Bahwani de me conduire dans Les Choux et je me souviens, il a hésité un instant, il a cru à un nouveau pied de nez de ma part, et c'est moi qui ai dû le rassurer pour le coup.

« N'ayez pas peur, je veux parler des Choux, de la commune des Choux en Sologne. »

Et nous étions partis le jour même, il me fallait cacher la mémoire de ma vie dans ma boîte à trésor, dans un trou de boulin tout au sommet du pigeonnier. Il n'avait hélas encore jamais abrité de pigeons puisque Mum et Daddy m'avaient toujours dit que c'était imprudent si on ne pouvait pas l'entretenir et le vider régulièrement de ses fientes. Et maître Bahwani m'avait aidée, un peu interloqué par la bizarrerie de la situation. Il avait tourné la grosse manivelle pour actionner la curieuse marche d'escalier qui tournait autour d'une grosse vis sans fin en bois et qui m'avait portée de la sorte tout au sommet du pigeonnier.

Après, je lui avais donné la clé, comme si je quittais un lieu qui ne m'appartenait plus. Maintenant que Mum et Daddy étaient morts, je ne me sentais plus chez moi. Nulle part. J'étais devenue comme étrangère à ma vie, c'était tout à fait ça. Et j'avais pour la même raison tout de suite interrompu maître Bahwani quand il avait commencé à parler « des papiers », de tout ce qu'il fallait régler maintenant que Mum et Daddy n'étaient « plus là » : « Maître, vous avez carte blanche ! »

Toutes ces histoires de papiers, d'argent, de tour du propriétaire, ce n'était plus mon problème.

Et après il m'avait encore parlé du montant des biens dont j'héritais. « Une fortune » m'avait-il dit en résumé qui me mettait à l'abri du besoin pour toujours. À condition toutefois d'avoir raison gardée dans mes dépenses. Il n'avait pas compris qu'en lui rendant la clé de ma boîte à trésor je lui avais tout simplement rendu la clé de ma vie.

Il parlait comme ça, maître Bahwani, « à condition d'avoir raison gardée ».

Alors je lui ai dit que pour ça aussi il avait carte blanche.

Mais il y avait encore une chose à régler. Je ne connaissais pas encore cet avocat, apparemment un ami que Daddy avait dû croiser au ministère pour certaines affaires et à qui il avait dû demander sa carte de visite « car on ne sait jamais ». C'est vrai que Daddy disait souvent ça et qu'il avait cette manie des cartes de visite. Et si Mum n'avait pas de temps en temps vidé ses poches, ses vestes et même les tiroirs de son bureau d'un nombre incalculable de ces cartes de visite « On ne sait jamais », il serait mort écrasé par une tonne de ces petits papiers.

Enfin, pour respecter les volontés de Daddy, Mum avait toujours eu horreur de s'occuper « des papiers », le testament précisait que le mandat confié à maître Bahwani pour m'aider à gérer ma vie prendrait fin le jour anniversaire de mes dix-huit ans. Après, il faudrait voir.

« C'est tout vu, Maître. Après ce sera comme aujourd'hui, vous avez carte blanche. Je veux partir demain loin, très loin d'ici, dans des endroits mythiques, exceptionnels, mais sauvages pour y skier "en mode extrême", parce que je n'ai plus qu'une envie, l'envie de me faire peur, très peur. Vous comprenez ? »

Bien entendu, maître Bahwani avait employé la formule d'usage, il me comprenait. Et je crois que j'aurais pu lui demander les choses les plus folles, il m'aurait toujours dit qu'il me comprenait.

Mais il y avait un « mais » qu'il s'était mis aussitôt en devoir de m'expliquer. Un simple mot qui masquait en vérité une montagne de contraintes dont Daddy n'avait sans doute jamais eu idée, ce n'était pas possible. Il n'y avait pas deux jours que je me retrouvais seule au monde que l'esprit « hypersécuritaire » de maître Bahwani me conduisait tout droit pour la seconde fois de ma vie aux portes d'un couvent sans repasser par la case des Choux – la case départ de l'insouciance, de l'innocente liberté... comme au Monopoly.

« Vous comprenez, mademoiselle Leenaert. Partir demain, je ferai mon possible, "mais" il me faut en priorité recruter quatre personnes pour vous accompagner. Quatre guides confirmés, deux femmes, deux hommes, c'est la règle numéro 1 ou *règle ordalique* du contrat.

— Quelle règle Maître ?

— La règle ordalique est une règle non négociable de maître Bahwani, votre mandataire, pour vous être utile, car vous n'ignorez pas, n'est-ce pas mademoiselle Leenaert, l'existence des pratiques ordaliques ? »

Non, je ne connaissais pas, mais ne voulais pas savoir et maître Bahwani en avait profité pour m'annoncer la règle numéro 2, ou *règle helvétique* du contrat : je ne pouvais refuser de savoir ce que je ne connaissais pas.

Puis sans me laisser le temps de reprendre la parole, il s'était lancé dans une longue explication concernant le comportement ordalique qui pouvait être le mien au lendemain de ce que je venais de vivre, « du vieil anglais *ordal* et du germanique *urthel* qui pouvait se résumer à "jugement de Dieu". Autant dire un comportement à haut risque motivé par un besoin de jouer avec la mort ou encore de "revitaliser son existence", quelle expression suave ! » Il parlait évidemment comme un dictionnaire qu'il avait dû apprendre par cœur, mais son explication m'intéressait finalement, surtout quand il avait abordé la signification d'une telle attitude en psychologie. Ce jugement de Dieu y prenait le nom un peu barbare, il le reconnaissait, d'appétence « traumatophilique ».

« Comprenez, mademoiselle, que le goût pour ces pratiques à haut risque résulte parfois d'un traumatisme tout particulier face à des situations inhumaines comme la vôtre. Et votre soudain besoin de skier en mode extrême, ce sont vos propres mots, peut donc être considéré pour un comportement ordalique, un besoin incontrôlable de vouloir vous raccrocher à la vie en la risquant à mort. Et moi, je dois juste m'assurer que si vous avez besoin aujourd'hui de risquer votre vie pour vous donner la force de surmonter la disparition aussi brutale de vos parents, vous ne la perdiez pas inutilement. Ce qui rejoint ma règle numéro 2, car ce serait manquer singulièrement de fidélité tout helvétique – pensez à l'image puissante et presque universelle des horloges suisses – que de vous tuer en espérant surmonter une épreuve de vie. »

Son exposé avait été brillant et j'avais découvert un peu surprise que la seule envie qui me restait sur terre au lendemain de l'accident n'avait rien d'inédite, elle était en vérité « normale » y compris pour une jeune fille prodigieuse traumatisée.

Voilà, cette fois « la célébration » du pasteur Bahwani était presque achevée. Et n'eût été le voile qu'il me manquait encore à cette heure, j'avais reçu les deux rudiments essentiels pour entamer ma période de noviciat, moi qui n'étais même pas baptisée – parce que lorsqu'on n'a pas connu ses parents assez longtemps comme Mum et Daddy, on a beau le vouloir avec ferveur, sincérité, on ne trouve plus la force d'aimer Dieu. C'est du moins le mensonge de libellule que j'avais dit à Chérif qui était musulman quand il m'avait demandé juste avant les grandes vacances quelle était ma religion. En vérité, c'est là une chose dont Mum et Daddy, ni moi d'ailleurs, n'avons jamais eu la nécessité ou le temps de parler.

Mais il manquait *la règle ultime* ou règle numéro 3 pour que maître Bahwani puisse m'autoriser à défier la mort puisque je ne voulais plus vivre.

« Dites-moi, mademoiselle Leenaert, après tout ce qui vient d'être dit, je maintiens malgré tout le principe de votre départ immédiat, même si celui-ci aura pour effet de mettre à mal toute votre scolarité passée qui devait vous conduire dans six mois au baccalauréat ? »

Il venait d'abattre sa dernière carte, il avait tout donné, mon noviciat ne pouvait être mieux « encadré » avec cette *règle de bon sens*.

Six mois plus tard, mon bac en poche avec les félicitations du jury, puisque j'avais promis, je quittais Paris pour des contrées mythiques flanquée de mes gardes du corps, puisque maître Bahwani veillait quant à lui sur ma santé mentale.

2
Treize années d'une vie sans pensée

Après c'était une vie d'errance minutieusement programmée que maître Bahwani avait orchestrée avec la régularité d'un métronome. Six ans d'une « vie sans pensée » – un coma profond – sur des pentes enneigées vertigineuses pour commencer. Puis quand je n'avais plus eu envie d'avoir peur sur la neige, l'errance s'était prolongée dans des lieux inexplorés, désolés, pour les fouler du pied, des havres de paix tout simplement que j'avais traversés lors d'interminables marches jusqu'à épuisement.

Et chaque année, peu importait où j'étais, maître Bahwani venait à ma rencontre, quelles que soient les conditions parfois épiques qu'il devait affronter ; même si j'avais remarqué sa bonne condition physique qui laissait deviner une pratique sportive régulière. Et chaque fois, c'était pour me dire « Prudence ! », s'assurer que mes guides faisaient bien leur travail et surtout me ravitailler en programmes musicaux estampillés « France Musique ». Toujours pour une question d'Histoire, toujours pour m'offrir des repères sûrs sur le chemin de ma reconstruction, de ma lente convalescence.

Puis il disparaissait comme il était venu après avoir distribué à chacune, chacun sa petite enveloppe blanche, ces « petits présents » que le père Noël lui avait gentiment demandé de distribuer : un gage de fidélité, un petit clin d'œil d'humanité.

Et toujours ce rituel qui s'était installé entre lui et moi juste avant de repartir, il voulait savoir si j'avais trouvé mon petit lézard rouge.

Jusqu'au jour où j'avais eu l'impression que je dérangeais en réalité la nature, que je violais ni plus ni moins qu'un sanctuaire. Alors j'avais voulu rentrer. Je ne savais plus comment faire pour m'excuser, réparer, effacer toutes mes traces et rendre la nature dans l'état de pureté où je l'avais trouvée.

Et après, il y avait eu presque sept ans passés à courir aux quatre coins du monde, car maître Bahwani avait encore rusé avec mon nouveau désir ordalique : dilapider rien moins que ma fortune auprès d'associations humanitaires. À quoi bon tout cet argent puisque je voulais en finir, que la guérison se dérobait comme un sable mouvant ? Mais c'était sans compter sur mon protecteur de génie et il avait eu cette fameuse règle « ad-hoc » qui m'obligeait au porte à porte pour léguer ma fortune. Ce qui allait m'entraîner naturellement à sillonner la France, puis l'Europe et enfin m'aventurer plus loin encore pour y découvrir la force de toutes ces mains bénévoles tendues sur les misères exponentielles de la vie. Et la misère, c'était l'inverse des neiges blanches, des sanctuaires. J'aurais voulu encore inlassablement la fouler de mes pieds pour l'obliger à reculer, l'humaniser. Mais là, c'est l'estomac, mon foie qui avaient fini par être usés. J'avais beau ne pas être rassasiée, je ne pouvais plus rien ingurgiter. Envie de vomir jusqu'à rendre mon âme *makossa,* car je pensais toujours à « Sacré Manu ! » après Mum et Daddy. J'allais mourir si je continuais à m'escrimer face à une hydre dont je ne parvenais plus à distinguer les têtes – la misère dans sa dimension infinie – « sombre bouche incurable » disait Hugo, ses tentacules étaient en train de me broyer. J'avais encore voulu rentrer.

Dire qu'il m'avait fallu tout ce temps pour trouver enfin le courage de retourner dans Les Choux pour y ouvrir les trois cartons que maître Bahwani avait rapportés du ministère quelques semaines après l'accident. « Les effets personnels que votre père avait dans son bureau. » Je lui avais simplement demandé de les porter dans notre longère de Sologne abandonnée par le jeune couple éleveur de chevaux au bout de trois années. Celui-ci désirait rapprocher « les enfants » de l'école après la naissance du deuxième.

C'est ce jour-là que j'avais découvert le jardin secret de Daddy, son petit coin de paradis. Celui de sa pensée « imaginaire », constitué de quelques livres qu'il devait avoir emportés au ministère parce que, mais c'est bien sûr, « On ne sait jamais ! »

Ici, deux livrets d'une méthode de lecture mixte « Poucet et son ami ». Leur devait-il ses plus beaux souvenirs de CP ? *Dans le pré il y a une mare... Poucet aime l'écureuil, l'écureuil aime Poucet...* Un monde naïf, sans violence...

Là, toute une collection d'un dénommé Nicolas Grimaldi : *Socrate le sorcier, Traité de la banalité, Traité des solitudes, Ontologie du temps* ; et sans doute son livre de survie, *Aliénation et liberté*, tant il était usé, surligné, annoté, buriné par le temps.

Enfin un CD comportant une photo en noir et blanc avec un avion biplan datant des débuts de l'aviation, avec un titre en majuscule « CHANSON L'OISEAU BLANC ».

Et après, j'avais enfin poussé la porte qui menait au chemin de ses rêves, c'était tout à fait ça. J'avais trouvé son propre carnet de voyage imaginaire et j'avais enfin compris le pourquoi de sa pensée *matriochka*. Daddy s'aventurait en vérité dans les coins les plus reculés de l'intelligence, là où elle perdait presque son sens pour devenir inaudible, mais envoûtante. « La thèse de philosophie » qu'il avait soutenue dans le plus grand secret à Nanterre, sans que Mum n'en ait jamais rien su j'en suis sûre, provoquait les mêmes symptômes que l'ivresse des profondeurs.

Rien que son titre déclenchait l'euphorie : *Pensée aléatoire et non-philosophie* !

Il n'y avait vraiment que Daddy pour aimer ces contrées désertiques privées d'eau, d'oxygène, où la folie guette, attend son heure si d'aventure on s'y attarde trop.

Et j'avais pris le temps de m'y aventurer à mon tour, ces terres sauvages, inviolées me chatouillaient à nouveau les méninges et me donnaient envie de sourire à nouveau à la vie. Surtout quand j'y avais découvert que Daddy bien avant moi était devenu « docteur » en mensonge de libellule, avec celui qu'il avait dévoilé dans l'avant-propos de sa thèse et pour lequel il avait sollicité l'indulgence de l'Université « pour cet essai inachevé ». Quel culot monstrueux, avoir osé « la maladie diplomatique » pour se tirer d'affaire, justifier ce qui ne se révélait maintenant à mes yeux qu'une paresse momentanée de son intelligence ! Comment avait-il pu manquer en effet à ce point de fair-play avec ses maîtres à penser ?

3
Les mots d'amour je les veux authentiques

Après, le mois de février a fini par pointer le bout de son nez avec une drôle de maladie dans son sillage jusque-là méconnue, « la Covid19 », qui semblait bien décidée à vouloir soudain décimer tout le monde. Je n'avais pas encore fait la paix avec moi-même, j'étais toujours cette jeune fille révoltée, *rouge d'outremer*, qui se moquait partout de l'actualité, mais bon, je recommençais presque malgré moi à tendre l'oreille aux informations. Il y avait cette histoire d'état d'urgence sanitaire qui venait d'être décrété et qui était pour moi totalement inédite. Celui-ci obligeait tout le monde à « se confiner » du jour au lendemain afin d'empêcher la propagation foudroyante d'un « coronavirus » pouvant être mortel. Il était interdit de sortir de chez soi sans être muni d'une attestation dérogatoire qui limitait pratiquement les sorties au strict minimum pour assurer notre survie alimentaire. Et moi, ce confinement, par sa brutalité, m'avait fait l'impression bizarre d'une arrestation absurde, comme si on allait me jeter brusquement en prison. Et j'avais fui Paris pour me réfugier dans Les Choux, laissant à maître Bahwani le soin d'assurer l'intendance. Ce qu'il avait encore fait, je dois l'avouer comme à son habitude, avec une précision « helvétique ».

Pendant près de trois mois, j'ai passé ce temps de réclusion aux confins de la vie « civile » à méditer, car Mum avait raison, il n'y a pas âme qui vive dans Les Choux ! Et je dois avouer que je suis la première étonnée du résultat de cette méditation forcée.

Quand j'ai repensé à cette odyssée hors du temps, mais dans la vie qui est la mienne depuis dix-sept ans maintenant, j'en suis venue à me demander comment j'ai pu supporter ce noviciat interminable que m'avait imposé maître Bahwani. Et je ne sais pas. Faut-il y voir un effet « secondaire » de cette inaction, de cette solitude forcée ? Mais depuis le début du mois de juin, j'ai de plus en plus de mal à supporter ses manies de « papa-poule » incorrigibles, cette volonté têtue qu'il a de me couver, de me protéger, ce genre efféminé qui finit par m'exaspérer. D'autant que depuis quelque temps, l'art consommé de la méditation auquel je m'essaie par la force des choses semble plutôt me réussir. Il m'incline depuis peu à renouer avec une vie active, une vie sociale apaisée en me soufflant des projets dans lesquels je pourrais m'investir, dont un petit dernier qui me tient pour la première fois vraiment à cœur.

Bien entendu, ma réclusion déplaît foncièrement à maître Bahwani qui m'a encore téléphoné la semaine dernière. Il a pris cette habitude depuis le début de la pandémie. Il s'inquiète régulièrement de ma survie loin de Paris dans ce coin sauvage. Il a peur, comme Mum avait peur pour le Président François, que je ne m'en sorte pas. Parce qu'il ne sait pas. Il ignore que je suis guérie de ma mélancolie et que si je suis aujourd'hui toujours agitée par une colère sourde qui gêne encore mon retour à une vie « normale », cette violence en moi n'a plus rien à voir avec cette humeur noire. C'est de l'émotion saine, un afflux de vie dans ma tête. Et cet héritage de Mum, cette hypersensibilité qui disperse encore ma pensée et m'empêche de me concentrer est devenue un bouillonnement de force qui ne me détruit plus.

Alors c'est obligé, maître Bahwani ne comprend pas mon entêtement à vouloir demeurer dans Les Choux après la fin du confinement et de l'état d'urgence sanitaire. Il doit avoir peur que je « déprime ». Et depuis que je projette d'aménager la longère en une résidence d'artistes, il multiplie les mises en garde pour m'en dissuader.

Naturellement, il a toujours de solides arguments à m'opposer comme la semaine dernière.

« Vous comprenez... »

Non, je ne veux plus comprendre ce qu'il me raconte et qui me contraint à la fin, généralement, à renoncer ou tout au moins à me soumettre à ses exigences. Là encore, il s'était patiemment informé et il était sincèrement désolé :

« Vous comprenez mademoiselle, sans remettre en cause votre intention louable, l'ouverture d'une institution d'accueil telle que vous l'imaginez nécessite une étude approfondie des contours juridiques qui l'encadrent. Cela vous permettra d'éviter bien des écueils et de connaître toutes vos obligations. Elles ne manquent pas, soyez-en sûre et il y a donc beaucoup de choses dont il nous faut discuter au préalable. »

Et sans prendre le temps de ponctuer son monologue de la moindre respiration, il m'avait asséné une liste interminable de toutes ces fameuses choses à discuter, de quoi démotiver la terre entière.

Toujours ses discours sans fin, on dirait qu'il parle « au kilomètre », du maître Bahwani pur sucre. Un profil « assurance tous risques » qui prive méthodiquement ma vie de toute fantaisie alors qu'on n'a peut-être pas dix ans d'écart. La face terne du personnage, toujours ce look hypersécuritaire, je ne lui en connais pas d'autre, parfaitement assorti à ce blazer bleu marine qu'il porte depuis quelques années en toute saison. Ou plutôt, si, parfois, il y a encore ce petit côté pince-sans-rire qui chagrine mon amour-propre et que j'ai beaucoup de mal à prendre au second degré. Je veux parler de ses « Par ailleurs » faussement innocents pour enfoncer le clou, comme ce soir-là :

« Par ailleurs, au-delà des aspects juridiques, il y a que... pour être franc, je ne vous vois guère vous lancer et, plus gênant, réussir dans une telle entreprise. Vous comprenez, comme tout corps social le monde artistique a ses codes, son quant-à-soi et je vous pose la question : Quelle œuvre d'art seriez-vous en mesure de revendiquer pour y asseoir votre légitimité, votre autorité ?

— C'est sûr que s'il me faut encore prouver ma légitimité artistique... »

Je ne trouvais rien d'autre à répondre à cette question insurmontable à laquelle je ne m'attendais pas du tout. Une question qui ruinait en quelques secondes tous mes espoirs au moment même où je pensais avoir enfin résolu la folle énigme que Daddy avait déposée dans mon berceau, l'équation impossible qui angoissait Mum. La question de mon avenir.

Mais cette fois, je ne pouvais plus reculer. Jouer encore et encore les caméléons et calquer de nouveau la couleur de ma vie sur celle du blazer de maître Bahwani ! C'était ma vie ou rien, j'avais soudain l'impression de me noyer et je ne sais pas ce qui m'a pris. J'étais allongée sur le vieux divan avec le dernier Nothomb ouvert sur les cuisses, *Les aérostats*, et je me suis raccrochée à la première phrase du haut de page : « Dès qu'il n'y a plus de guerre, la littérature redevient l'histoire de l'amour et de l'ambition ». Je l'ai relue plusieurs fois à voix basse et je lui ai fait un ultime pied de nez après tout :

« J'ai peut-être une œuvre d'art à revendiquer, Maître.

— Comment ?

— J'ai une histoire d'amour à vous raconter. Ça ira pour asseoir ma légitimité ?

— Je ne sais pas, il est tard, on en reparle, bonsoir. »

Je n'ai pas eu le temps d'ajouter le moindre mot, il avait déjà coupé. Une habitude qu'il a prise depuis peu de me laisser toujours seule, sans insister, face à ce qu'il appelle poliment mes « improvisations méditatives » toutes plus irréalistes les unes que les autres, je dois le reconnaître. Il patiente, le temps que je renonce à mes projets de vie qu'il juge au mieux naïfs et le plus souvent carrément insensés, comme mon idée de résidence d'artistes dans Les Choux.

Mais c'était plus fort que moi, j'ai rappelé :

« Excusez, Maître, j'ai oublié, mais pour l'histoire d'amour, demain, c'est possible ? N'oubliez pas la clé de ma boîte à trésor c'est tout. » Et j'ai coupé net, sans bonsoir. Après tout, lui raccrocher au nez, moi aussi je savais faire !

Il m'a laissé mijoter toute la semaine avant de débarquer ce samedi matin, au milieu de la matinée, quand je ne l'espérais plus. Il avait laissé sa voiture au bout de l'allée et je l'ai vu arriver avec une démarche un peu mécanique, s'efforçant de poser les pieds sur les racines rouges des pas japonais qui menaient à l'entrée. Je les ai créés il n'y a pas trois semaines depuis que l'idée m'est venue de cette résidence d'artistes. Les racines rouges c'était en souvenir du *h* de Daddy qui devait naturellement « m'enraciner » dans l'humanité.

« Original ! m'a-t-il lancé en guise de bonjour. C'est nouveau, je n'ai pas souvenir ?

— Oui, c'est le chemin qui va mener à la résidence d'artistes, ai-je répondu du tac au tac. »

Et je l'ai entraîné sans transition dans le pigeonnier, où tout s'est passé très vite. Je lui ai demandé d'aller chercher l'enveloppe que j'avais cachée dans ma boîte à trésor tout au sommet, sous la toiture, et cette fois c'est moi qui ai tourné la grosse manivelle qui actionnait la marche d'escalier tournante. Puis je lui ai demandé d'ouvrir l'enveloppe qu'il tenait dans les mains.

« Voilà, l'histoire d'amour que je voulais vous raconter, l'œuvre d'art que je suis prête à revendiquer, vous la tenez entre vos mains. Ce carnet de voyage, c'est toute la fortune qui me reste, la seule vraie fortune qui compte à mes yeux, la mémoire de ma vie.

« Voyez, je ne vous ai pas menti, et même si ce n'est pas écrit dans mon petit carnet je peux encore vous dire que je n'ai rien oublié de chacun de vos gestes, chacune de vos paroles depuis que vous avez surgi dans ma vie le lendemain de l'accident.

« Vos trois règles pour survivre même à l'apocalypse, je m'en souviens ; règle numéro 1 dite *règle ordalique*, je m'en souviens ; la règle numéro 2, j'ai encore en mémoire le timbre de votre voix quand vous l'avez nommée, vous souvenez-vous ? Cette *règle helvétique* et même la troisième, si vous voulez je peux vous dire son nom, je m'en souviens encore. Mais je dois me calmer, vous ne méritez pas cette explosion de rage qui couve en moi, vous n'y êtes pour rien, je vous l'assure. Je la dois à cette autre fortune que ma mère m'a léguée à ma naissance et qui n'est pas inscrite dans vos papiers : ce sang rouge qui vaut tout autant que les assurances-vie de mon père ; une fortune inépuisable "à condition d'avoir..." comment m'aviez-vous dit ?

— À condition d'avoir raison gardée ?

— Voilà, voyez, je n'ai rien oublié, vous non plus il me semble, mais on ne va pas récrire l'Histoire. Vous savez tout de moi désormais, du passé que j'ai vécu avant notre rencontre, tout est écrit dans ce petit carnet. Et sachez simplement que cette émotion à fleur de peau que je tiens de ma mère, celle qui a bien failli éclater à l'instant, aujourd'hui j'en suis fière.

« Et tant pis si personne n'en veut parce qu'elle est excessive, parfois incontrôlable, tant pis si je ne trouvais pas à cause d'elle le grand amour de ma vie que mon maître m'avait promis, je ne renierai pas le sang de ma mère. Je ne dirai jamais qu'il n'était pas sincère, qu'il ne charriait jamais qu'une humeur malsaine. Non, rester plutôt célibataire que le déshonorer.

« Voyez ! je ne pleure plus en évoquant le souvenir de mes deux héros trop tôt disparus, mes "deux aviateurs", je crois comprendre à l'instant le pourquoi du CD, la chanson *L'oiseau blanc* dans les reliques que vous m'aviez rapportées du ministère.

« Mais je m'arrête là, je vous le dis, vous le répète, excusez ce long bavardage, vous n'y êtes pour rien, je ne vous reproche rien, je crois simplement que vous tenez entre vos mains la preuve de ma sincérité.

« Et maintenant, s'il vous plaît, partez. Vous reviendrez quand vous voudrez, vous êtes ici chez vous. Tout ce qui est ici, à Paris, sur mes comptes bancaires, je vous ai tout donné il y a deux jours, je vous ai fait mon légataire universel chez le notaire. Comme ça, nous sommes quittes, c'est là le prix de ma reconnaissance pour m'avoir veillée durant ce long coma dans lequel je suis tombée juste après l'accident.

« Et par contre, il n'y a qu'une chose que j'ai gardée pour moi parce que cette chose-là, vous avez sans doute déjà deviné de quoi je veux parler, c'est comme le panache de Cyrano, le plumet iridescent de mon tendre Agilulfe. Vous comprendrez en lisant mon carnet, cette chose-là on ne peut pas la donner.

« Et n'ayez crainte, je ne serai encore, disons, votre locataire dans Les Choux que le temps pour moi d'accrocher le nom sur la porte d'entrée de cette résidence à laquelle je veux croire de toutes mes forces. Résidence *Daddy'h* ou *Mum'coquelicot*, vous comprendrez tout en lisant mon carnet.

« Voyez, j'ai cherché mon petit lézard rouge et je suis franche avec vous, je ne l'ai pas trouvé. Et ce sera le seul regret que j'aurai quand j'arriverai tout au bout du chemin de mes rêves si je ne le trouve jamais. Mais au moins, je pourrai dire que je n'ai pas volé celui de quelqu'un d'autre pour réussir ma vie, briller, devenir une artiste reconnue à moindres frais. Allez, merci, partez maintenant, mais non, j'ai encore quelque chose à vous montrer. »

Et j'ai conduit maître Bahwani dans « le musée des Choux », la pièce débarras pareille à celle du Gros-Caillou qu'avait inventée Mum. J'avais des petites choses, des preuves de ma sincérité à lui montrer.

« Voyez, toutes ces cartes postales que j'ai collectionnées, ce sont tous les lieux de rêve que vous m'avez offerts pour que je reste en vie et pourtant mon seul Eden, voyez, est ici dans Les Choux.

« Voyez tous ces reçus d'associations humanitaires, j'ai fait le compte, la somme est indécente et c'est autant d'argent qui ne reviendra pas au légataire universel que vous êtes. Et pourtant je n'ai aucun regret, aucun remords, j'aurais voulu pouvoir dépenser davantage.

« Voyez ce petit manteau rouge, le mange-disque bleu, le livre de mon prénom, vous comprendrez, je n'ai rien inventé dans mon petit carnet.

« Voyez ce nez de clown, il évoque à lui seul toute une histoire que je pourrai vous raconter une autre fois si vous voulez, une belle idée généreuse l'avait portée, pensez l'association *Les Nez Rouges*, un enfant, une vie...

« Voyez, je n'ai pas menti. Mon petit saxophone avec la signature de "Sacré Manu !" sur le pavillon, les plans du pigeonnier "fait maison" par ma mère, ils existent eux aussi, tout est là.

« Voilà. Je voulais vous montrer encore ça pour que vous compreniez simplement que cette histoire de résidence n'est pas un caprice d'enfant, une improvisation méditative comme vous l'appelez. C'est une idée qui a germé bien avant ma naissance, vous comprendrez en lisant mon carnet.

« Voilà, cette fois je crois vous avoir tout dit avant que nos routes ne se séparent, si jamais mon histoire d'amour ne parvient pas à vous émouvoir le moins du monde. Si vous pensez qu'elle ne constitue pas une œuvre d'art authentique capable d'asseoir la légitimité, l'autorité artistique que vous me réclamez pour lever tous vos doutes. Si elle ne me permet pas de lire de la confiance au fond de vos yeux, une montagne de confiance qui vous persuaderait enfin de ma réussite dans une telle entreprise.

« Et maintenant, j'attends votre retour, mais de grâce, pas d'hypocrisie entre nous. Je ne cherche pas à usurper votre accord, votre confiance. Je vous l'ai déjà dit, loin de moi l'idée de réussir à moindres frais, je m'en tiendrai à votre décision quelle qu'elle soit.

« La vérité sans fard sans grimace, c'est la seule règle qui vaille dans le monde de l'art. Et maintenant, partez, voyez ma logorrhée, je n'en suis pas guérie, vous comprendrez. »

Maître Bahwani est parti à reculons, à regret, enfin c'est ce qu'il m'a semblé. Je croyais deviner à cette heure qu'il redoutait le pire qu'il ne pourrait hélas pas éviter : la perte de sa protégée, car il n'aurait pas su trouver les mots de libellule pour la sauver. Lui qui m'avait déjà portée à bout de bras depuis presque une éternité, c'est pour ça je pense qu'il a dit, qu'il a murmuré en partant : « N'ayez pas peur, mademoiselle Leenaert, je reviendrai, c'est promis. »

En vingt ans, il n'ose toujours pas me tutoyer, m'appeler par mon prénom. Adélitah, Lili comme disait Killie, ça il ne s'y risque toujours pas. Aurait-il lui aussi l'impression inconsciente de violer un sanctuaire en le prononçant ?

Est-ce que je fais si peur ? Lui fais si peur... ? Peut-être mes coups de sang... Je doute maintenant, mais il a promis.

Le soir même, il a téléphoné, c'était promis, demain dès l'aube, mais il ne fallait rien exagérer. À huit « hores », il adore cette heure qui lui rappelle le fameux « Monseign'or il est huit hores Monseign'or » d'Yves Montand dans *La folie des grandeurs* qu'il trouve « cultissime ».

Il a insisté, je dois surtout garder confiance d'ici là, ne rien précipiter, les trois règles de survie, je n'ai qu'à les réciter sagement pour trouver le sommeil.

Et le lendemain, je l'ai vu arriver. Un papillon voletant sur les pavés japonais qui conduisaient à la maison. On aurait dit Fred Astaire tout à coup faisant des entrechats en chantant *Singing In the Rain.* Il n'avait plus sa démarche de robot maladroit découvrant des pas japonais pour la première fois de sa vie. Il ne m'avait pas vue et quand il s'était rendu compte que je le regardais, il en avait été presque confus. Et moi j'étais pressée, je l'avais tout de suite installé dans l'orangerie autour de ce guéridon préféré de Daddy ; celui qu'il avait surnommé *Le Petit Tonneau*, du nom d'un vieux café parisien du Faubourg du Temple d'où celui-ci provenait, paraît-il.

Et là, tout à coup, il a tiré de son étui une flûte à bec qu'il traînait avec lui depuis... « Cela fait un bout de temps. » C'est lui qui me l'a dit et puis il s'est mis à jouer sans prévenir quelque chose, comme « Sacré Manu ! » l'avait fait lui aussi il y avait si longtemps, je m'en souviens toujours. Il a joué sur une musique de Vangelis, un vieux CD de Daddy que j'avais mis en sourdine pour habiller de blanc l'orangerie – *1492 : Conquest of paradise.*

Et quand il a reposé sa flûte avec précaution dans son étui, il m'a simplement dit quelque chose d'inoubliable ça aussi.

« Voilà, c'est la tonalité *blues* de votre âme *makossa* telle que je l'ai ressentie à la lecture de votre histoire d'amour, comme vous me l'avez dit. Après, ne me posez pas la question, ne me demandez pas pourquoi, je ne saurai pas quoi dire, je suis un grand timide qui n'a pas encore trouvé comme vous l'équation digne d'Einstein capable de m'aider à la surmonter.

« Après quoi, et j'en aurai fini, je vous livrerai mon verdict comme promis, mais j'aimerais juste vous dire auparavant que je crois avoir trouvé le petit lézard rouge que vous cherchez. À moins que je me trompe et je vous laisserai le soin d'en juger.

« Oui, je crois sincèrement qu'il manque à votre histoire juste une toute petite chose pour qu'elle devienne à mes yeux une grande histoire d'amour, une œuvre d'art authentique qui me ferait croire enfin à la pleine réussite de votre résidence d'artistes. Oui, je dirais "un épilogue", encore un tout petit effort supplémentaire, quelques mots innocents – authentiques – pour qu'elle ne s'achève pas justement sur votre *jour de gloire*, si j'ai bien tout compris, mais sur une note blanche d'espoir. J'ai lu Malraux, excusez-moi, je disais une note blanche d'espoir, une fleur de cerisier si vous m'autorisez cette métaphore à la fois musicale et poétique qui me paraît traduire le plus fidèlement votre sincérité. »

Dire qu'il s'excusait à cet instant d'avoir lu Malraux ! Impensable.

Arrivé là, maître Bahwani a fait une courte pause, comme s'il avait soudain perdu le fil de sa plaidoirie qu'il devait avoir apprise par cœur et j'ai ressenti une pointe d'effroi. Mais il a repris très vite.

« Mais j'ai assez parlé et c'est drôle, car c'est la première fois que je dis ça de moi puisque je suis d'un naturel plutôt réservé d'habitude. Enfin, voilà mon ultime verdict si aujourd'hui, comme j'ai cru comprendre vos paroles d'hier, chacun reprend sa liberté ». Il s'est tu un instant. A poursuivi.

« Tout d'abord que tout soit bien clair entre nous. J'accepte sans discuter d'être comme vous l'avez souhaité votre légataire universel puisque vous désirez tout me donner "à titre de reconnaissance" n'est-ce pas ? Mais sachez que nous sommes donc quittes à compter d'aujourd'hui. Vous ne me devez plus rien, c'est compris ? »

Et moi j'ai juste répondu « Oui », car j'étais impatiente, il faut me comprendre, toute sa prose d'avocat, son train de sénateur qui a toute sa vie devant lui commençait à m'énerver, je sentais comme un début de chair de poule soulever le duvet de mes bras.

Puis il a enchaîné.

« Secundo, j'en viens à ce qui semble vous importer le plus. Eh bien soit, vous m'avez convaincu. » Il a dit ça, « Eh bien soit », un beau parleur maître Bahwani !

« Oui, votre petit carnet signe bien à mes yeux la preuve incontestable d'une authentique œuvre d'art sous la seule réserve que vous lui ajoutiez votre petit lézard rouge, cet épilogue dont je viens de parler. Et pour l'heure, je rentre sur Paris préparer les papiers qui vous permettront d'ouvrir votre résidence d'artistes *Daddy'h* ou *Mum'Coquelicot* en toute sécurité. Papiers que je signerai bien entendu, je sais que vous allez encore m'en vouloir, mais on ne se refait pas, à réception de votre épilogue "virginal". Promis ? »

Et là, il s'est autorisé son petit rire en coin, son humour pince-sans-rire, pour la première fois depuis son arrivée. Et c'est à ce moment-là que j'ai presque explosé de joie, je suis partie dans un fou rire qui a bien failli l'effrayer. Mais ses paroles étaient trop « belles » et m'ont dégrisée aussitôt :

« L'ennuyeux, c'est que cet épilogue dont vous parlez comme un savant romancier, eh bien j'ai besoin de vous pour l'écrire, voyez, car j'ai déjà anticipé l'écriture des dernières lignes que vous me demandez sans trop savoir d'ailleurs quel temps au juste employer pour en parler – le futur, l'imparfait, le présent, le passé composé sinon le subjonctif ? Comment s'y retrouver ?

« Moi je meurs d'impatience, vous comprenez, je n'en peux plus d'attendre mon petit lézard rouge, vous savez ! Non, vous ne savez pas, dans ma petite tête les années comptent triples, cela fait si longtemps que j'attends. Et je voudrais juste m'assurer "auparavant" que je ne me suis pas trompée, que la fin de mon histoire d'amour ne se résumera pas à une poignée de mots jetés sur le papier.

« Les mots d'amour, je suis de votre avis, je les veux authentiques, alors êtes-vous prêt à m'apporter votre contribution, ce gage de sincérité réciproque, ce petit lézard rouge justement que j'aurai tant cherché depuis l'apocalypse et que vous avez, semble-t-il, trouvé à l'instant ?

— Mais dites-moi, comment pourrais-je vous aider à rédiger votre drôle d'épilogue, vous en conviendrez tout de même, un petit lézard rouge avec quatre mains à la place des pattes ? »

Là, maître Bahwani, ce n'est pas pour dire, mais sa petite blagounette, c'était plutôt limite plat plat plat, carton jaune, désolée. Ne savait-il pas encore qu'on ne badine pas avec l'amour ! Mais bon, j'étais pressée et je lui ai répondu à ma manière. « Hypersensible ». Il ne faut pas tourner trop longtemps autour des mots et savoir appeler un chat un chat.

« Oh c'est tout simple, voyez, j'ai juste besoin que vous me fassiez un enfant, là, tout de suite et qu'on ne discute pas plus longtemps, car votre verbiage commence à m'énerver sérieusement pour tout vous dire et encore je m'efforce de rester polie. Voyez, je suis franche, je ressemble à ma mère n'est-ce pas ? »

Et brusquement, je ne sais pas ce qui m'a pris, je n'ai plus su contenir tout ce sang rouge de Mum qui me brûlait les veines et je me suis jetée sur maître Bahwani, je me suis jetée à son cou, l'ai couvert de baisers, de beaux papillons rouges sur les joues, sur le nez, partout. Et après... Après je l'ai déshabillé comme une furie, son blazer bleu marine, sa chemisette, son pantalon, je les ai arrachés. Je voulais le voir nu, là, devant moi. Et quand il l'a été, nu comme un ver pétrifié, car il l'était, pétrifié, face à ma violence aveugle, il m'a laissée faire et même mieux puisque nous étions quittes, même si un court instant j'ai douté. Était-il possible qu'il manquât à ce point de virilité pour ne pas réagir ? Mais respect dans ce cas, je n'avais rien à dire.

Puis une digue en lui a lâché, une vague dévastatrice qui a tout emporté à son tour, œil pour œil dent pour dent, la loi du Talion pour règle de droit ultime, l'avocat qu'il était venait enfin de poser sa robe noire. Il m'a déshabillée comme il a pu avec ses doigts fiévreux. Je les sentais trembler. Il n'osait pas comme moi arracher mon corsage, déchirer, libérer sans retenue mon corps qui n'en pouvait plus d'attendre son étreinte. Et après, bien entendu, ça je ne vais pas l'écrire ou je barbouillerais de noir mon petit lézard rouge qui vient de s'endormir sur mon petit carnet, car l'intimité, pardi ! c'est sacré, c'est tabou : défense d'entrer !

J'ajouterai juste, oh pas grand-chose, avant de me jeter, de m'abandonner corps et âme, cette fois c'est bien vrai. À cet instant, j'ai pensé très fort à Killie que j'avais revue il y a près de trois ans quand j'étais revenue de mon mirage humanitaire. J'étais si contente qu'elle soit encore en vie ! Mais lorsqu'elle m'a demandé si je voulais partir avec elle pour vivre une révolution féministe qui s'inventait au beau milieu du « chaos syrien » m'a-t-elle dit, je l'ai tout de suite arrêtée ; je lui ai dit tout net, je n'allais pas lui mentir : « Non Killie, la guerre, la révolution, non, un ressort s'est cassé en moi, ce n'est plus possible, je n'en ai plus ni le courage ni la force. C'est comme ça, prends soin de toi, ce serait bien de se revoir. » Et je l'ai laissée partir seule au Rojawa.

J'ai repensé aussi à Chérif, car j'ai conscience d'avoir trahi peut-être son attente à son retour d'Algérie. En espérant que sa religion au moins lui aura permis de surmonter cette cruauté du sort, de rendre un jugement de Salomon à mon égard en lui soufflant que ce n'était venant de moi qu'une trahison de libellule, et que son amitié restera à jamais gravée dans mon cœur.

Et après, allez... encore une dernière confidence parce que je suis bavarde, on ne se refait pas, c'est maître Bahwani qui le dit, le cadeau de Noël que nous avons commandé ce jour-là dans Les Choux, je lui ai déjà trouvé un très joli prénom. Il s'appellera Ieoh.

« Comme le grand architecte de la pyramide du Louvre ?

— C'est cela, oui.

— Et le *h* à la fin c'est pour...

— Oui, oui, c'est pour... comme vous dites.

— Mais si c'est une fille ?

— On verra puisqu'une chose est sûre, c'est maître Bahwani qui vient de me le souffler à l'instant, mon Homme, enfin "Amiya", il faut bien que je commence moi aussi à l'appeler par son prénom ! Oui, mon Amour Pour La Vie, une appellation d'origine protégée si vous ne savez pas, oui mon APLV m'a donné carte blanche. »

Et tant et tant d'innocence
semée dans l'or du soir –
demain il fera beau !

Aix-les-Bains
La Riviera des Ahlpes
1er septembre, 18 décembre 2020

Imprimé en France - 41874 - 14110 Condé-sur-Noireau
RapidBook, une marque du Groupe Corlet Imprimeur